Arnaud Campagne

Fin de convention

ISBN numérique : 979-10-262-7437-7

EAN papier : 9791026274384

Librinova

Courriel : contact@librinova.com
Internet : www.librinova.com

Fin de convention

Auteur :

Arnaud Campagne
Site d’auteur : https://arnaudcampagne.com
Instagram : @arnaud_campagne
Facebook : ArnaudCampagne64
Twitter : @Arnaud_Campagne
YouTube : Arnaud Campagne

Illustrateurs :

Ludovic Lalliat
Instagram : @ludovic lalliat

Raoul Leonesi
Instagram : @raoul_leonesi

À Matthias, chose promise, chose due !

Un grand merci, dans l'ordre chronologique, à :

Mes parents et Christian
Clara
Raphaël
Corentin
Valentin
Martin
Isabelle
Charlie
Frédéric S.
Victor
Adrien
Paul
Clémentine
Laurent
Artémis
Vincent
Raoul
Ludovic

Pour m'avoir donné, chacun à votre façon, ici un soutien déterminant, là un élan nouveau, ou bien une simple brise d'inspiration quand le besoin s'en faisait sentir !

Prologue

L'état de santé d'une civilisation ne saurait jamais se réduire à la propreté de ses rues ou à l'impeccabilité de son réseau électrique. Et admettre qu'une civilisation n'est pas morte, tant qu'on reconstruit les cathédrales et les usines qui brûlent, ne la sauvegarde en rien du tunnel funèbre de sa disparition, complète ou diffuse. Le pourrissement des croyances au fondement d'une société peut être brutal. Quelles lumières en rendraient parfaitement compte ?

Paris, juillet 2018. Enfant de bonne famille, Jules Sontant vient de valider sa première année de double diplôme Sciences Po - HEC après un séjour universitaire au Japon. Il connaît par cœur ses cours de microéconomie et de finance d'entreprise : le modèle de la concurrence pure et parfaite et les courbes budgétaires ont façonné chez lui une vision claire et rationnelle du monde, ordonnée bien comme il faut. Conscient de la misère intellectuelle de ses enseignements, il tient bon dans l'ennui. Pour l'heure, il pense à ses vacances et à ses commandes Amazon *« en cours de livraison »*. Son vieil ami Mathieu est déjà beaucoup plus grave. Ce dernier sent une vague arriver, mais ne sait pas encore quand, ni comment. Les indices sont tous devant ses yeux. Elle menace de tout emporter.

Tokyo, mars 2019. Les premiers cerisiers en fleur attirent une foule de curieux au parc Yoyogi. Alors que les pétales bourgeonnent au soleil, le sexe de Takumi gonfle à la vue des premières jupes. Il a les traits tirés, le visage lourd d'une vilaine fatigue. Il sent que ses jours libres sont comptés et se distrait comme il peut; ses regards insistants font fuir une jeune fille. Takumi apprécie ce pouvoir prédateur. Il a prévu de louer ce soir les services d'une hôtesse en costume d'écolière : elle lui tiendra la main devant des shows télévisés en lui caressant l'intérieur des oreilles. Les relations tarifées lui suffisent, il n'a jamais voulu d'une vie de couple. Les Japonais ne font plus d'enfants, c'est connu.

Panneau 1 :
Les beaux jours

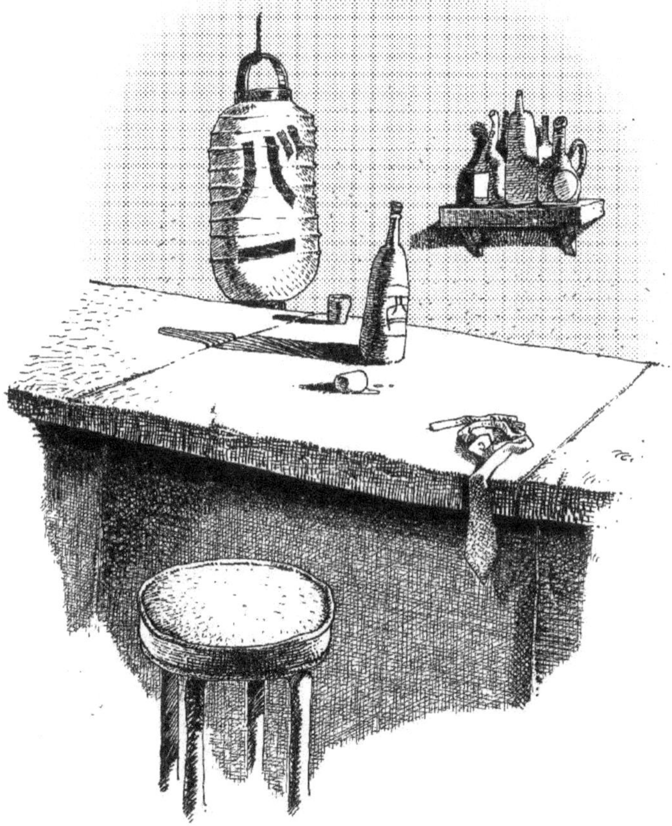

1

Dans le bus qui le menait aux galeries commerciales, Jules observait les résidences neuves construites le long du principal axe routier de Biarritz à Bayonne. Ça poussait de partout. Dans une France des villes moyennes à la peine, l'autoroute transfrontalière et l'industrie aéronautique faisaient figure de bonnes étoiles pour le Pays basque. On dit même que des groupes de technologie avaient commencé à y installer des antennes de R&D au sein de pôles de services qualifiés – des opportunités d'emplois honorables pour un diplômé de grande école, donc. La difficulté principale consistait à attirer les ingénieurs parisiens, incapables de supporter les houles d'hiver et les Espagnols bruyants en terrasse. Alors on se rabattait sur les écoles bordelaises ou, dans le pire des cas, poitevines. À 96 % en 2017, le taux d'insertion professionnelle du diplôme « Génie de l'Eau et Génie Civil » de l'ENSI Poitiers demeurait remarquable pour la Vienne.

Jules traversait Anglet. Cette ville n'avait aucun sens, se dit-il, aucune substance autre que de la sève et du bitume fondus. Ventre mou de l'agglomération, elle n'était qu'un grand jardin planté d'un golf chic et d'une forêt de pins, de bâtisses néobasques et de HLM, de villas modernes et de magasins de clous. On y cherchait désespérément un centre-ville rassembleur, à tout le moins coquet, clé de voûte habituelle de l'identité d'une cité. De riches Américains en quête de diversification patrimoniale achetaient à tour de bras les maisons plates du bord de plage ; s'ils appréciaient passer quelques jours dans le coin en été, ils se plaignaient régulièrement de l'impossibilité de se faire remettre un repas de qualité après 21 heures. Les services de livraison n'en étaient qu'à leurs balbutiements, mais de nombreux coursiers s'étaient lancés dans le transport de pizza et de pad thaï à toute heure. La clientèle asiatique était encore peu nombreuse.

Après trois jours sur la Côte basque, Jules regrettait déjà sa vie parisienne. La différence entre les deux mondes tenait à cet univers des possibles, ce supplément d'expériences qu'il ressentait à Paris mais plus dans sa ville d'enfance de Biarritz. Ici, tout le rappelait au passé, aux ennuyeuses mondanités provinciales, et même les supermarchés de la Capitale lui semblaient mieux en accord avec ses désirs de jeune métropolitain mobile et progressiste – Franprix venait tout juste d'inaugurer sa première supérette ouverte 24h/24 dans le quartier des Halles.

Le regard posé au-dehors, une tumeur anxieuse grandissait en lui. Le soleil au beau fixe ne parvint pas à chasser ce jour-là le nuage noir qui le poursuivait à l'approche de la rentrée et du stage en banque. C'était pourtant un été joyeux. Sous la pluie et les paillettes du stade Loujniki à Moscou, l'équipe de France de football avait soulevé une semaine auparavant son deuxième trophée de championne du monde. Le pays avait laissé éclater sa joie et renouait, bercé d'illusions lucides, avec une certaine idée de grandeur. Présent à Paris le jour de la victoire, Jules avait vu l'ivresse de la fête déborder en vagues furieuses dans les rues de la Capitale. L'excitation était folle. Elle avait duré trois jours.

Ces derniers temps, une obsession maladive le poussait à compléter sa garde-robe. Le pouvoir subversif d'une paire de chaussettes rouge striées était très largement sous-estimé, selon l'auteur de son blog de mode favori. Persuadé de l'importance d'un tel achat, il fit l'acquisition de plusieurs paires « fantaisie » dans une boutique locale. D'un pack de quatre slips et caleçons également. En début de soirée, arrivé chez lui, Jules fut déçu de constater qu'il s'était trompé de taille pour les slips. Il lui faudrait retourner au magasin et en acheter de nouveaux, puisque l'enseigne ne les reprenait pas une fois essayés. Il s'était pourtant bien lavé le gland, argua-t-il dans sa tête.

*

« À table les enfants ! »

Des rituels immuables réglaient le quotidien de la maison : repas, visite des grands-parents, matchs de rugby en famille. Structurantes, ces habitudes freinaient souvent l'émancipation de Jules, habitué au quotidien désordonné du campus d'HEC. Son père était dirigeant d'une société spécialisée dans la distribution de boissons aux hôtels et restaurants de la région. Fils de maquignons originaires du Gers, véritable « âne bourru » selon ses proches, il avait réussi, chose rare à l'époque, à quitter la filière animale pour la viticulture à Bordeaux. Bon commerçant, il monta plus tard sa boîte de négoce en spiritueux dans le sud-ouest de la France, à une époque où l'audace et l'entregent garantissaient le succès des affaires commerciales. *La réussite ne se demande pas, elle se saisit.* Son ascension sociale expresse l'avait propulsé à la tête d'un groupe d'une trentaine de salariés, et la voix de ce sociétaire du Biarritz Olympique portait loin dans le milieu des affaires régionales. Son bon sens paysan l'avait convaincu de mettre ses enfants sur les rails d'une éducation élitiste : il leur inculqua très jeunes l'importance de la famille et de la consolidation du patrimoine. Également issue d'un milieu modeste, la mère de Jules avait mis plus de temps que son mari à accepter sa notabilité. Elle s'était acquittée de son rôle de mère à temps plein pendant vingt-six ans, entretenant désormais un réseau de petites mondanités sur la Côte basque. Sa gentillesse parfois benoîte lui valait les amitiés d'un cercle de femmes de médecins, avec lesquelles elle prenait régulièrement le thé. C'était l'occasion de discuter espadrilles et jardins à l'anglaise, parfois de *Game of Thrones*. Les enfants se connaissaient tous et participaient régulièrement à des rallyes. Il était question d'en organiser un ce jour-là.

Ces apéritifs chics étaient une plaie. On y dansait le rock en parlant de ses études de commerce, de droit ou de médecine ; on passait des soirées rectilignes en cercle restreint. Les vrais amis de Jules étaient les mêmes depuis le collège, des jeunes plus turbulents et spontanés que les « *fils de* » qu'on l'incitait à fréquenter ici et à Paris. Ce 24 juillet 2018 au soir, il s'ennuyait ferme dans le lounge bar loué pour l'occasion. À minuit, les invités chantèrent « Joyeux anniversaire » au fils d'un éminent cardiologue, dont il avait oublié le prénom. Il avait une tête de Flavien. Le garçon dut faire un discours, sa tension était palpable. Flavien récitait son texte sans regarder son auditoire, le regard fixé sur son iPhone X. Sa cravate trop fine rapportée à sa cage thoracique lui donnait un air empâté et chérubin à la fois. On distinguait un chapelet ténu de marques blanches au niveau de sa braguette – qu'avait bien pu faire Flavien pour en arriver là ? Jules décrocha. Tout le monde applaudit. Les discussions fusaient autour du banquet.

On est trois à partir en échange à Londres... ; J'ai des contacts dans le consulting à Paris, si tu veux ; Toujours sec le whiskey ! ; Je reste Junior deux ans et je me casse... ; Les États-Unis ont toujours été des quiches en foot ! ; Le Brexit, c'est une inconnue, mec.

Soudain, un invité lance un tube de Claude François, altérant l'atmosphère tamisée du lieu. Trois garçons se mettent à chanter faux en défaisant leurs cravates noires. Flavien, tout sourire, les rejoint dans un embarras ridicule. Il danse à contretemps. Jules s'efface petit à petit. La soirée bat son plein.

*

Les fêtes de Bayonne commençaient le lendemain. Un torrent de pisse et d'alcool menaçait d'ensevelir la ville pendant cinq jours, condamnant les espaces aménagés et les pelouses. La mairie avait durci le ton par rapport aux années précédentes : l'entrée était devenue payante, des affiches avertissaient du risque d'agression sexuelle, et on distribuait des pin's *« Pour que la fête soit belle ! »* aux nouveaux arrivants.

Le soleil avait tapé fort dans la journée, figeant dans le ventre des immeubles une chaleur amollissante. Jules retrouva ses amis à 19 heures au bar *Le Corsaire*, rue des Tonneliers. Accueilli par des verres de sangria jetés à la figure. « On l'attendait, ce moment ! » dit-il à ses compagnons éméchés. Au comptoir depuis midi, ils avaient des têtes de gourdes à vin, pas fines pour un sou, mais entièrement dévouées à la tâche. À 22 heures, un feu d'artifice suivit le lancer des clés de la ville ; chacun resserra son foulard rouge. C'est alors que Jules croisa Mathieu, un bon copain perdu de vue après le collège. Il en gardait l'image d'un doux rêveur, assez nonchalant, à l'intelligence vive mais compartimentée. Les cheveux ébouriffés, tatouage au cou, il avait une gueule de baroudeur affirmé, quoique assez classique dans son genre. Jules lisait dans son regard une exquise *anormalité*.

« C'est bien simple, je ne fais rien depuis un an, expliqua Mathieu. Absolument rien, à part un peu de photographie, ce qui ne m'a pas trop changé du temps où j'étais aux Beaux-Arts. J'ai réappris à m'ennuyer, à sortir du tunnel des études, de la carrière. Du rien naît forcément quelque chose… »

L'autorité du diplôme, si commune dans les bataillons du Supérieur, paraissait dérisoire face à un mec comme ça. Jules, habitué à rayonner avec son parcours en ligne droite – prépa, HEC, Sciences Po –, restait discret et rigolard. Il aurait aimé le mépriser, mais Mathieu n'avait pas l'air d'un loser. Il invitait même au respect. Une jolie blonde hippie-citadine, certainement venue à Bayonne pour une virée « tradition », lui tournait autour depuis cinq minutes.

Le choix de Mathieu, communément associé à l'univers parasitaire par la majorité silencieuse, marquait un point : affronter l'ennui, accepter l'expérience du vide et le vertige qui en naît, est un pas nécessaire vers une liberté authentique ; le reste n'est que distraction prisonnière. Les gens se spécialisent, soumettent leur vie à un emploi du temps tyrannique, appendice obligé d'une activité professionnelle, elle-même parcelle insignifiante du champ social. Sortez-les de leurs habitudes et abandonnez-les dans le plus beau des appartements haussmanniens pendant un mois, sans aucune perspective d'organisation de leurs journées. Patientez. Observez-les attentivement, scrupuleusement, comme des rats de laboratoire privés de nourriture : la folie, le suicide et le vide existentiel éclairciraient les rangs. Mathieu oublia d'ailleurs de mentionner qu'il était, malgré son mieux-être, sous antidépresseurs. Jules finit par rejoindre son groupe éparpillé dans la salle ; deux de ses amis lançaient une chenille torse nu dans le bar. La blonde hippie et Mathieu s'emballèrent au bout de quelques minutes.

Après quatre heures de boisson ininterrompue, Jules s'assoupit sur une table du bar, la tête posée sur les avant-bras. Dans un entre-deux incertain de songes et d'alcool, la fête se fit plus agressive, rendue à sa vocation brutale : la perte de tout contrôle. Une scène étrange, qu'il situait à Pampelune, trois semaines plus tôt, lui revint en tête. Soûls de leur journée, Jules et son cousin prenaient un rail de coke dans un parc de la capitale navarraise, alors en pleines célébrations de *San Fermin*. Mélangée à la sangria bon marché, la blanche – *elle est coupée ?* – les assomma sur le coup. L'air était glacial, des ombres glissaient tout autour ; trois types leur proposèrent d'entrer dans une boutique se réchauffer. C'était une salle aux résonances métalliques avec une table en bois et deux chaises posées au milieu. Après quelques paroles de circonstance, un des hommes, un Espagnol énorme, se déshabilla en faisant tourner son sexe épais et velu, le rapprochant de la tête de son cousin assoupi sur la table. Jules, comme retenu par une force tellurique, regardait sans rien pouvoir faire. Il entendait des rires gras, affreux. La scène s'arrêtait là. Pourquoi les flashs lumineux étaient-ils si forts ?

Des arabesques blanches... des rehauts de rouge

Derrière les noceurs, le comptoir qui bouge !

Fêtards, où mènent vos folles passes ?

Le vin m'a grisé trop vite

Vous m'abandonnez à un mirage,

Ma vision est cuite.

Quand il se réveilla, Jules était allongé dans une tente « Coin repos » décorée d'une grande tasse fumante. Le cimetière des grosses caisses. Mal à l'aise avec ses souvenirs de Pampelune, il essaya de les écarter d'un revers de pensée. Pulsion, agression, sentiment de déjà-vu : tout ça lui tournait en tête. *Un mauvais rêve*, décréta-t-il, mais son esprit confus avait du mal à s'en convaincre. Il en parlerait à sa psy. Il était 3 heures du matin et le son crépitant des enceintes d'extérieur venait tout juste de s'arrêter. Il se leva, titubant, aux côtés de jeunes hommes comateux, et signa une décharge de responsabilité. On lui expliqua qu'il avait été déposé là vers 1 heure par des connaissances, car il tenait difficilement debout. On l'avait retrouvé seul dans un parc.

Le réseau téléphonique saturé et des haut-le-cœur persistants le poussèrent vers la station de bus de nuit, où patientaient une dizaine d'autocars. Des modèles électriques avec recharges USB et voix informatique annonçant les arrêts, sous licence chinoise. La Côte basque prenait décidément des allures de Californie augmentée. Arrivé chez lui à 4 h 22, il but avidement une grande bouteille d'eau, ça allait un peu mieux. Il partait dans la matinée à Benidorm, en Espagne, avec trois copains. Les déceptions de la rentrée pouvaient encore attendre.

2
Colonie de vacances

Ça roulait bien, pour un 26 juillet. Le chassé-croisé avec les aoûtiens commençait à peine et Bison futé ne voyait pas rouge. Le trajet en monospace fut scindé en deux : Jules et ses amis décidèrent de faire étape à Saragosse.

La ville était déserte. Un vent puissant et sec traversait ses intestins calcaires, rendant la chaleur tout à fait supportable. Comme dans toutes les agglomérations européennes d'importance moyenne, le patrimoine local avait été *mis en valeur*. Photogénie oblige, les vieilles basiliques et les places royales suffisaient le plus souvent à attirer un évènement médiatique d'ampleur, une foire gastronomique ou un forum de biotechnologies dans le meilleur des cas. Prenant ses pairs de court, Saragosse avait momentanément intégré le club des villes qui comptent avec l'Exposition internationale sur l'eau de 2008. L'Espagne tout entière, même, avait prouvé au monde qu'elle valait plus que l'union de ses oliviers et de son équipe de foot : le pays produisait du ciment et des résidences vides sans aucune assistance étrangère et ses opérateurs téléphoniques dominaient le marché sud-américain. En dépit de ces efforts contextuels, la gastronomie ibérique demeurait un monde de contrastes. Caractérielle et texturée en Andalousie, moléculaire en Biscaye et innovante en Catalogne, elle demeurait terriblement pataude en Aragon. *La hamburguesa* de Jules sur la Plaza del Pilar ne faisait que confirmer ces avertissements répétés. L'aire d'autoroute aurait mieux fait l'affaire, finalement.

Ils sillonnèrent le centre historique en photographiant des lampadaires anciens et des tags de rue. Ce voyage, comme ils l'admirent plus tard, n'avait absolument rien d'organisé. Tout se faisait à l'intuition, selon les désirs du moment et les classements *Tripadvisor*. Benidorm, comme Saragosse, étaient des destinations sans but, sorties d'un débat infécond à quelques jours du départ. « On part en bagnole quoi qu'il en soit, avait tranché Hugo. J'ai la voiture de fonction de ma boîte. Les pleins sont offerts. »

Le musée provincial « en rénovation » et les eaux de l'Èbre en décrue convainquirent la troupe de reprendre la route en fin d'après-midi. Arriver en pleine nuit à Benidorm ne posait aucun problème : des vagues de chaleurs sidérantes frappaient la Costa Blanca depuis quelques jours, interdisant de bronzer sur les plages. La radio invitait les plus de 80 ans à rester à la maison et à s'hydrater régulièrement. Le désert recouvrait tout, les passions et les oasis, les autoroutes gratuites et les grands ouvrages à l'arrêt. Y avait-il encore un endroit dans le pays où boire et danser ?

*

« Que restera-t-il de tout ça dans cent ans ? »

Perché sur le balcon du 15e étage face à la mer, Jules pensait à voix haute. Il se laissait souvent aller à des réflexions sur l'enchaînement, indiscernable au présent mais imparable *a posteriori*, selon lequel les croyances d'une collectivité la mèneront à sa grandeur ou à sa perte. N'était toute la distance de la qualité des arts et techniques offerts au monde, Benidorm s'apparentait, comme l'antique Carthage, à une cité méditerranéenne dominatrice. À Carthage le rayonnement commercial, la diffusion d'un alphabet, la vigueur militaire ; à

Benidorm, colonie de l'Empire Marchand, le règne conquérant du Laid et du Faux. Et les Anglais bouffis du *Tiki Beach*, puants de bière à midi trente.

« On aurait dû aller à Ibiza fit savoir Jules, amer, à ses compagnons tout juste réveillés. C'est de la merde ici. »

L'humeur du groupe n'était pas à la fête. De sortie la veille, ils avaient basculé dans un univers dérangeant, étranger à leur cadre de vie habituel. Des rabatteuses attiraient la clientèle, essentiellement masculine, vers les bars du bord de mer ; les consommations étaient chargées en alcool et la musique assourdissante ; les bordels et les casinos terminaient les réjouissances dans un festival de bagarres. La crédibilité des blogs vantant les « atouts irrésistibles » de cette station balnéaire espagnole en avait pris un coup.

« Des pugilats à tout-va, des m'as-tu-vu partout, et des parieurs qui jouent leur va-tout », avait acté Adrien, bien inspiré, en rentrant au petit matin.

« On est les seuls BAC +5 de toutes les plages… C'est pour les *beaufs*, ici » commenta Hugo, le visage creusé de cernes et d'un cocard noirâtre. Il s'était pris la veille un coup de poing en pleine boîte de nuit après avoir crié « PSG, ici c'est Paris ! » devant des supporters marseillais ; les autres n'avaient rien pu faire. « Des racailles du sud de la France, voilà qui sont ces types… des cassos… » répétait-il. Il s'allongea sur le sofa du salon pour jouer à FIFA sur sa console de jeux, vêtu d'un débardeur jaune fluo estampillé « Suck my COCK-*tail* », best-seller de l'année en cours dans la cité balnéaire. Les autres avaient opté pour les chemises aux motifs hawaïens, nylon supérieur, *made in Vietnam.* Plus facile pour une réutilisation ultérieure.

*

La journée s'annonçait longue et étouffante ; l'air marin nauséeux. Jules resta allongé de longues heures sur le bord de la piscine de résidence, protégé du soleil par de grands parasols. Équipé de son ordinateur portable, il découvrit sur Wikipédia que Benidorm affichait le plus grand nombre de gratte-ciels au monde, rapporté au nombre d'habitants. C'est vrai que les tours étaient partout, impossible de les rater : elles patientaient là, figées dans leur élan par la crise économique comme des allumettes brûlées au soleil. En les observant bien, on voyait leurs yeux. Des yeux vitreux et voyeurs, mais pas seulement : des yeux avides de conquêtes. Les côtes algériennes, vierges de tout tourisme, n'étaient qu'à trois cents kilomètres plus au sud.

De liens hypertexte en liens hypertexte, Jules atterrit sur la biographie de Mobutu Sese Seko, chef d'État et dictateur zaïrois des années soixante-dix. Les photos du Maréchal-Président africain, superbement paré d'une toque léopard et d'une canne sacrée, défilaient sous ses yeux. Il avait une tête sympa, très petit père des peuples, pensa Jules, le genre d'assassin avec qui il devait être agréable de parler littérature et philosophie – théorie et cas pratiques. De quoi nourrir son imagination au moment de la sieste, où il se propulsa quelques instants en dictateur fantasque de la « Cité État de Benidorm ». Sous son règne, la mer serait colorée d'or et la promenade du bord de plage convertie en piste de kart pour un Grand Prix annuel. Le territoire, haut lieu du blanchiment d'argent sale en Europe, attirerait de précieux investissements étrangers. Son peuple serait aimant et soumis, prêt à tout pour sauvegarder un statut fiscal d'exception – *la soumission, il y tenait, par tous les moyens, tous les artifices !* Pourtant, la gronde sociale ne manquerait pas de surgir un jour : un virus ? Un krach boursier ? Une éruption volcanique ? Il savait l'inéluctabilité de l'imprévisible. Il tirerait dans le tas, *façon pas de quartier*, suscitant une levée de boucliers de la « Communauté internationale » – en fait réduite aux seuls États occidentaux. Une intervention militaire américaine finirait par le renverser.

Il reçut une giclée d'eau sur la tête. « Tu fous quoi putain ? Ça fait deux heures qu'on t'attend au *Tiki* » brailla Adrien.

Le spectre des activités de plein jour oscillait péniblement entre la langueur de la plage et de maigres activités sportives (marche, beach tennis, pataugeage dans l'eau). Mais le sable chaud brûlait la plante des pieds et la baignade n'avait rien de rafraîchissant. Devant l'immeuble, des estivants tractés par moteur hors-bord tournaient en rond dans la baie. Toutes les cinq minutes, un type voltigeait dans l'eau après avoir lâché la bride de son cerf-volant : ça tachetait la surface de la mer de remous blancs aqueux.

En fin d'après-midi, fatigués de voir les terrasses du bord de mer engorgées, la bande des quatre se précipita dans un McDonald's à l'atmosphère électrique. Une chaleur odorante d'huile végétale et de peaux serrées saisit Jules au nez, toutes les bornes de commande marquaient **NOT AVAILABLE**. Des corps gras, entourés de gamins pleurnichards, réclamaient leur plateau, ça criait de partout. La manageuse du restaurant leur demanda précipitamment de sortir : quelque chose ne tournait pas rond au restaurant de la cuisson minutée. Ils se dirent, en invoquant leurs enseignements de *Supply chain*, que toute organisation pouvait connaître des déconvenues managériales. Heureusement, un Subway vide faisait l'angle un peu plus loin. En entrant dans le restaurant, ils essayèrent de se remémorer leur cours sur la « Logistique avale », dont Jules put même réciter la définition par cœur : « Ensemble des activités liées à la collecte, au stockage et à la distribution de produits à des acheteurs, telles que la gestion des entrepôts de produits finis, la manutention des marchandises, l'exploitation des véhicules de livraison, le traitement et l'ordonnancement des commandes » (Michael Porter). Ils abandonnèrent vite toute discussion sérieuse : la faim grignotait les esprits et l'heure était à l'amusement.

C'est en sortant du restaurant qu'ils recroisèrent les Marseillais, fortement alcoolisés et torse nu dans la rue. *Parisien ta mère la mort* lance le chef de bande, un petit Maghrébin, lunettes aviateur, en crachant aux pieds d'Hugo. Adrien et Émeric essaient de calmer le jeu : « Tranquilles, les gars »; « Tapettes! » répliquent les Méditerranéens, se rapprochant dangereusement, le poing serré, le torse en avant, la bile furieuse. Jules transpire à grosses gouttes, il s'écarte lentement, incognito. Vite, vite, il réfléchit. Trop. À comment réagir dans l'urgence d'après ses cours de *Gestion des risques*. Aux vidéos de self-défense qu'il a visionnées sur YouTube. Au fait qu'Hugo n'est même pas Parisien mais Orléanais. À son BAC +5. Sans solution évidente, ses trois amis sont roués de coups au sol, jusqu'à ce que des passants interviennent – des Français également. Les Marseillais prennent la fuite, des cris se font entendre. À cinq mètres de distance, figé dans ses pensées, immobile, Jules observe la scène. Il a l'air d'un grand lâche.

La suite du voyage, écourté de moitié après cet incident, n'eut que peu d'intérêt : des scènes d'abandon sur la plage, des apéritifs tambourinants, des réveils douloureux sous Whisky Coca et une blatte retrouvée dans une tortilla. Pas une rencontre féminine, si ce n'est une passe malheureuse pour Hugo dans une ruelle du centre-ville – la capote avait explosé. Ils prirent le dernier jour quelques photos tout sourire devant « la baie du vice », se promettant de diffuser une version revisitée de leur séjour : tout s'était bien passé. Réembarquement immédiat.

Sur l'autoroute qui l'éloignait de Benidorm, Jules s'offrit un dernier panorama de la ville-paillettes. Vue de loin, la mer atteignait presque le niveau de la promenade côtière et le littoral entier paraissait condamné par la montée des eaux. La distance n'embellissait pas l'ensemble, loin de là : tout faisait plus vieux, incongru, d'un autre temps, avec le recul. Las Vegas et New York concassés en paella sur les rivages riants de l'Espagne méditerranéenne. La poésie du lieu lui vaudrait bien un colloque dans les siècles à venir.

« Rien. Il ne restera rien de tout ça dans cent ans », pensa Jules, dans sa tête, cette fois-ci.

3
Débuts professionnels

Au 1er janvier 2018 en France, la rémunération mensuelle d'une sage-femme en fin d'études s'élevait à 212 euros, contre 1 900 euros pour un stagiaire de grande école de commerce parisienne en banque d'investissement. Aux premières, l'immense responsabilité d'accompagner la grossesse et l'éclosion de la vie ; aux seconds, le plus souvent, la responsabilité dérisoire de répondre à des e-mails et d'accoucher de présentations PowerPoint à l'utilité toute relative – ces études étant systématiquement doublées, voire triplées, par des prestataires spécialisés. Sauf à verser dans les hautes sphères scientifiques, le travail journalier en entreprise (conseil, audit, marketing, affaires publiques et communication, banque, vente, finance, comptabilité, assistance juridique) ne requiert le plus souvent que de modestes aptitudes intellectuelles, bassement mimétiques, tout juste ordonnatrices. Une semaine de formation suffirait à la plupart des gens pour assumer les tâches assignées à de fringants BAC +5. Le plus dur, bien souvent, n'est pas tant la mission à accomplir que de parvenir à y consacrer sérieusement toute son énergie et son intelligence. C'est-à-dire consacrer beaucoup de sérieux à des choses qui ne le sont pas, sérieuses.

Ce 3 septembre 2018, premier jour de son stage en banque, Jules était encore loin de ces considérations. Pour l'heure, une « indemnité stagiaire » de 1 600 euros couplée à l'aide financière de ses parents le confortait allégrement – *Votre premier salaire, le début de la liberté !* proclamait une grande agence bancaire sur un abribus publicitaire. Il arriva à 8 heures, une demi-heure en avance, devant l'immense siège social de la Corporation Générale où il allait rester six mois. Quatre immeubles reliés par des ponts aériens et des tunnels formaient le quartier général de ce mastodonte financier (200e au Fortune 500, en baisse de cinq places). À cette heure matinale, le parvis de la Défense ressemblait à une fourmilière de pas pressés. Les dalles gravillonnées de l'esplanade centrale avaient mauvaise gueule, mais l'appétit du granit blanc et des espaces modulaires s'était emparé de la vénérable place fonctionnaliste : d'ici 2021, sauf retard dans les travaux ou pandémie mondiale incontrôlable, ce grand hub allait subir un lifting au cachet moderne.

Il faisait chaud, mais il n'osa pas enlever sa veste de peur de paraître trop décontracté. Le bouton du haut de sa chemise et sa cravate lui serraient la pomme d'Adam et l'étranglaient terriblement. Entré exactement à 8 h 23 dans le bâtiment. En s'y engouffrant, un dégueulis acide lui remonta l'œsophage – *je vais bégère partout*, pensa-t-il. Des points lumineux troublaient sa vision, il ravala le vomi à temps. Son haleine était gastrique.

« Puis-je avoir votre carte d'identité et votre convention de stage, s'il vous plaît, Monsieur ? »

Trois hôtesses souriantes – Marie, Pauline et Awa d'après leurs insignes – accueillaient les arrivants. Pauline prit les documents et effectua plusieurs appels ; il fallait se rendre à l'office de création des badges, 3e étage, bureau 1008. Les gens autour de lui avaient l'air polis et appliqués : perçant un silence de mort, ils disaient « Bonjour » et « Bonne journée », à quelques secondes d'intervalle, en entrant puis en sortant des ascenseurs. Les couleurs sombres dominaient le spectre visible des costumes et des tailleurs.

Le bureau ouvrait à 9 heures. Jules patienta une vingtaine de minutes dans la salle d'attente – *pourquoi est-ce qu'ils m'ont fait venir aussi tôt, ces cons?* En unités mobiles, les employés emportaient un par un les exemplaires du *Figaro* ou du *Financial Times*, disposés sur un grand présentoir mural. Il restait sur l'étagère une édition du magazine *Conseils de notaires : Testament et legs, les clés d'une succession réfléchie et sans conflit.* Ces problématiques lui paraissaient lointaines, sa famille était unie. Mais on n'est jamais à l'abri d'une saloperie au moment de l'héritage, admit-il au passage.

La responsable des stages arriva. C'était une dame au visage tombant, la cinquantaine mal négociée, qui sentait fort l'eau de parfum. Elle prit une photo de Jules sur un modèle de webcam dépassé et imprima sa carte d'entreprise avec nonchalance. Jules détesta immédiatement cette photo où il affichait, pour être sincère, un air stupide d'ingénieur responsable qualité. Son badge portait le numéro 998 et il fallait composer le +45 898 en cas de perte de ce précieux laissez-passer. Sous son nom, on pouvait lire en lettres capitales **STAGIAIRE**.

À peine eut-il terminé ces formalités que son maître de stage, Éric Chandeloup, fit irruption dans la salle d'attente. D'un pas nerveux, l'esprit comme occupé par une affaire importante, il salua Jules avec un sourire de croquemort.

– Bonjour Jules et bienvenue à la CorpGén'. On se tutoie désormais.
– Bonjour Éric, oui bien sûr. Je suis très content d'être là, je crois que tout est bon du côté administratif.

Sa poigne était molle et son regard oblique. À deux reprises, Jules se retourna pour vérifier s'il ne parlait pas à quelqu'un derrière lui ; il n'y avait personne d'autre. De faible corpulence, le visage en lame de couteau, Éric était depuis trois ans « Vice-Président Corporate Finance » de la branche *Corporate and Investment Banking*. Jules aurait trouvé son physique parfaitement insipide en tenue du dimanche. Par la magie d'un costume trois pièces sur mesure, il voyait en lui un puissant responsable financier. Le père de Jules avait fait jouer ses contacts pour obtenir ce stage : l'obligation de réussite et la politesse étaient de mise. Après quelques formules d'usage et des sourires de convenance, Éric conduisit Jules au bureau des stagiaires, 14ᵉ étage, secteur 14-A, en *open space*, avant de s'absenter pour « un entretien urgent ». Jules se mit à lire la pile de documents qui l'attendait sur son clavier.

*

Les codes de la culture start-up, réputés agiles et avant-gardistes dans un monde en mutation, avaient gagné le cœur des grandes multinationales, aussi puissantes que fossilisées dans de vieux schémas d'organisation. Pour attirer les jeunes talents, on mettait des poufs bleus partout et du jaune citron sur les murs. La charte d'entreprise louait ses *collaborateurs horizontaux* amoureux du *challenge*. La machine à café broyeur à grains était un must-have.

Deux stagiaires en costume partageaient un grand bureau sphérique avec Jules. Ils avaient l'air très sérieux, pas drôles du tout, un cul pincé et une vieille fille, analysa Jules. Guillaume et Julie. Ils remplissaient une base de données Excel à partir de milliers d'entrées disséminées sur des fichiers annexes : des dates, des codes, des montants de transaction, des noms allemands à coucher dehors, qu'il faudrait trier et transformer en matière utile pour les clients de la banque. Ils étaient ingénieurs, issus de Polytechnique. Jules n'était pas mauvais en modélisation informatique mais il avait clairement exagéré ses compétences dans son CV. *J'espère que ça va le faire*, s'inquiéta-t-il. Ça le rendit encore plus agité. Dans un feuillet rouge vermeil de 98 pages, la banque détaillait les « bonnes pratiques à suivre sur le lieu de travail ». Les employés, appelés les Corpo-Génies, étaient invités à rejoindre le fitness club et à se tutoyer le plus souvent possible – sauf aux étages 17 et 18, siège de la Direction. Un code QR permettait de liker le compte LinkedIn de l'entreprise et de s'abonner au profil du Directeur général.

Jules examina une liste des projets de fusions-acquisitions en cours et une présentation des différentes équipes de sa division : *Diversified Industries, Consumer & Retail, Power & Utility, Transport et Logistique.* Il bosserait sur les problématiques énergétiques au sein du pôle *Utility*, heureux de s'être évité la tannée du secteur *Transport.* Au moment de prendre des notes, il s'aperçut que l'écran de son ordinateur n'était relié à aucune centrale. Il n'avait pas non plus reçu ses codes de session. Un imprévu dans l'agenda d'Éric avait retardé la prise de contact avec les agents informatiques, qui ne passeraient que le lendemain matin. Insidieusement, le cliquetis continu des claviers de ses collègues se mit à l'obséder. Lui ne pouvait pas travailler. Il se sentait inutile.

Après une heure à végéter et à faire semblant de lire de vieux cours de finance, Jules proposa à ses associés de prendre une pause-café. Les deux hésitèrent quelques instants, avant d'accepter. Julie avait rempli 54 lignes sur son tableur et Guillaume 48. Jules invita pour les expressos.

« T'as eu quoi comme expérience professionnelle ? Et ton diplôme t'amène à quelle spécialisation exactement ? » s'enquit Guillaume, devançant Julie de quelques secondes. Demander, classer, juger, figer une personne selon son parcours scolaire. Jules avait toujours été ennuyé par ces questions "entretien d'embauche". « Qui es-tu ? » signifiait irrémédiablement : « Comment t'appelles-tu et quelle est ta fonction productive dans ce monde ? » Il eût préféré mentionner d'entrée sa passion pour le football, son intérêt pour l'histoire de la pensée économique ou son goût pour le whiskey japonais. Mais il fallait se décrire au prisme d'un savoir utilitaire, dont dépendait notre *employabilité*. Fainéants s'abstenir. Par esprit de conformisme, il souligna la valeur reconnue de sa formation, la qualité des cours de finance à HEC, son double diplôme avec Sciences Po, et son expérience professionnelle fondatrice à l'Ambassade de France au Japon.

« J'ai fait un stage au service économique et commercial, ça consistait à rédiger des présentations, parfois pour l'Ambassadeur. » Sa fiche technique sur la filière avicole dans la préfecture de Miyazaki avait été saluée pour sa complétude, alimentant le débat autour d'un accord de libre-échange nippo-européen, aujourd'hui dénoncé par la partie japonaise (la compétitivité effarante des pondeuses brunes allemandes avait terrifié les syndicats agricoles de la préfecture d'Hokkaidō). Par souci d'honnêteté, Jules leur fit quand même part du flou qui entourait ses projets professionnels. Il envisageait à terme une carrière dans le monde du conseil ou de l'énergie. Un secteur d'avenir, quoi. Les deux autres se dirigeaient très clairement vers la haute finance :

« Je me vois bien travailler à Londres, Paris ou Hong Kong, mais le Brexit et le retard de la France me font dire qu'Hong Kong est un choix plus indiqué. C'est un endroit stable et dynamique à la fois, continua Julie. L'Asie est toujours plus stable. C'est très communautaire là-bas. »

Sur le Brexit, Jules affirma « qu'un accord interviendrait à temps entre le Royaume-Uni et l'Union européenne ». Les deux autres firent part de leur incompréhension face à cette percée populiste : ils avaient lu, dans *Le Monde*, que les peuples se faisaient manipuler par des démagogues, ces derniers temps, que les informations n'étaient plus sûres et qu'en cas de nouveau vote, les Anglais resteraient pour sûr dans l'enceinte communautaire. Les visages étaient sérieux, la discussion sur le point de monter en gravité. Il était temps de remonter au bureau.

Un mot attendait Jules, signé Éric. Ce dernier s'absentait de nouveau l'après-midi et invitait Jules à continuer sa prise de connaissance du service. Fatigué de lire des graphiques monocordes, Jules demanda à Julie et Guillaume s'il pouvait jeter un coup d'œil à leur travail ; les deux s'y refusèrent en invoquant des clauses de confidentialité. Il acquiesça poliment. Assis sur sa chaise, il se mit à trépigner bruyamment sans s'en rendre compte. Les dernières lectures lui prirent un peu moins de trois heures, entrecoupées par la pause déjeuner, en solitaire. Le yaourt bio aux morceaux de fraise n'était pas mauvais mais le coq au vin était une horreur. Il se promit, comme ses deux collègues, de cuisiner un plat à emporter le lendemain.

La fin de journée approchait rapidement. N'ayant plus rien à faire dès 16 heures, il oscilla entre de discrets visionnages de vidéos sur son téléphone portable et de longues contemplations hébétées du faux plafond de l'étage. Des dalles suspendues tachetées de points noirs. Malheureusement pour lui, son dessus de bureau donnait sur un grand couloir, l'obligeant à prêter constamment attention au regard des collègues qui passaient derrière. Au moindre bruit de pas, il se saisissait d'une feuille pour donner l'impression de travailler ; il s'écoulait en moyenne deux minutes entre chaque allée et venue.

À côté de l'ascenseur, Jules remarqua une photographie d'aéroport soulignée de l'inscription « *Nous ouvrons les possibles au-delà des frontières* », légèrement de travers. Il est vrai que la Corporation Générale avait été éclaboussée par des affaires d'évasion fiscale ces dernières années. Le PDG s'en était bien tiré, il avait invoqué l'étagement des responsabilités et mis en cause « des actions solitaires, non représentatives de l'éthique du groupe ». La banque paierait une contravention de plusieurs centaines de millions d'euros et effectuerait le ménage au Panama, c'était promis. On évoquait en interne le doublement des effectifs aux îles Caïmans.

À 18 h 02, Jules prit l'initiative de quitter le bureau. Sa première journée le laissa perplexe, il avait du mal à en évaluer la consistance : l'impression d'un grand blanc devant un écran noir. Il était tout de même épuisé. Sa concentration continue avait occulté une douleur qu'il se mit à ressentir violemment sur la partie postérieure de ses pieds. En enlevant ses chaussettes légèrement humides une fois dans sa chambre, il découvrit deux grosses ampoules au niveau des talons. Une odeur de viande hachée inondait l'appartement. Son colocataire préparait des lasagnes.

4
À pas de loup

Takumi quitte le travail à 20 heures précises. Il effectue tous les jours le même trajet. Comme d'habitude, le vieillard du magasin d'en face patiente devant sa porte ; les grilles du métro lui soufflent au nez ; des petits culs partout. L'université Waseda, à deux pas, draine effectivement son lot de jeunesse *fashion*. Les études, c'était plus sacré à son époque, pense Takumi. Aujourd'hui tout le monde est diplômé de l'université, à l'exception de quelques repris de justice et des habitants de la préfecture d'Okinawa. Il a vu le campus s'agrandir et les étudiants prendre des selfies les jours de soleil. Mais également s'abêtir avec le temps. La grande bascule était intervenue en 2008 avec l'inauguration du nouveau bâtiment de la faculté de commerce : les profils ingénieurs s'étaient raréfiés au profit de morveux en mocassins, dont beaucoup d'étrangers. Le « commerce », c'était un intitulé si vague qu'il n'arrivait pas à respecter ces gens-là. Un diplôme en sciences des matériaux, comme il avait fait dans le temps, ça imposait le respect. Les perspectives professionnelles et les chances d'obtenir un prêt bancaire étaient à peu près sans limites. Mais un Master en « commerce international » ? Apprendre à serrer des pinces et à lire un bilan comptable ? C'était encore plus problématique que les enseignements en facultés de sciences sociales, que le Japon avait heureusement décidé de clôturer peu à peu. S'il avait eu un gamin, jamais Takumi n'aurait accepté qu'il parte en commerce ou en « socio ». Il aurait préféré le voir étudier la calligraphie, c'est dire.

Il ne se plaint pas trop néanmoins. Les leggings en simili cuir ont fait leur grand retour cette année et il sait la chance qu'il a de travailler dans un quartier dynamique. Transports, commodités, probabilité d'acheter un ticket de loto gagnant : tout est plus facile dans le coin. Et puis vingt-cinq ans de boîte, ça forge une routine confortable, un esprit de corps. Takumi pense souvent à ses aïeux qui ont essuyé la guerre, reconstruit le Japon, aménagé ses rues impeccables et son industrie de pointe, projeté sa culture ancestrale dans la modernité triomphante, gagné des parts de marché partout dans le monde, affirmé la puissance d'un pays suprêmement *développé.* Il y pense souvent mais ne s'en émeut pas. En tant qu'autochtone, c'est à peine s'il s'émerveille de la propreté des vitres et de l'ergonomie des intérieurs japonais. Il croyait que c'était un standard international mais a récemment pris conscience, à l'occasion d'un blockbuster hollywoodien, que New York était un grand bidonville de briques et de chaussées défoncées. Ses tours immenses et clinquantes sont un faux symbole de puissance : le Japon a toujours préféré l'harmonie esthétique aux records de hauteur. Et que dire du fait que les Américains n'ont même pas de toilettes à bidet TOTO ? Ils se lavent le cul avec du papier recyclé ? Immonde. Cette avance d'une logique implacable, c'est bien la preuve de la supériorité de son peuple. *Japan First.* La morale n'a rien à voir là-dedans.

Sa vie insulaire n'a pourtant pas toujours été facile. Takumi a grandi avec ses six sœurs dans une ferme entourée de rizières et de bacs de pisciculture. La plaine de son enfance fut abruptement coupée en deux un matin de mars 1980, à l'occasion des travaux de la ligne de chemin de fer *Shinkansen Tōhoku.* Jusqu'à cette date, le projet demeurait une vue de l'esprit pour cabinet ministériel. Des hommes en cravate étaient bien venus négocier la cession des terres avec les paysans du coin, et les merveilles de la grande vitesse sur l'axe du Tōkaidō ne souffraient aucune opposition. Mais le nord du pays végétait comme il savait si bien faire. Puis le vieux Nishimura était parti avec femme et enfants en début d'année. On dit qu'il avait touché gros. Les Kurosawa, eux, avaient fait le choix de rester, en dépit de la perte de la moitié de leur exploitation. Trop éloignée du tronçon ferroviaire, la famille de Takumi n'avait eu droit à aucune indemnisation. Tout s'était décidé sans eux.

Le chantier s'activa jour et nuit, plusieurs mois durant. Il y avait d'abord eu le bruit tranchant des bouteurs et des pelleteuses. Puis l'ombre des wagons-grues et le sifflement des portiques. Le père y perdit le sommeil. Têtu, il voyait dans ces bouts de rail à écartement standard une satanerie venue démolir l'harmonie du paysage. Il fallait dorénavant faire un détour de trente minutes pour rejoindre l'autre moitié du bourg, et le supplice d'entendre un roulement à intervalle régulier se mit à l'obséder. C'est à cette époque qu'il devint de plus en plus violent. Seul héritier mâle du foyer, Takumi en fit les frais : les coups se firent de plus en plus durs et imprévisibles à son encontre. Le pire, c'est quand le paternel avait bu. Il devenait capable de foutre une rouste à n'importe qui, dans cet état-là. Sa mort par arrêt cardiaque, un soir de grande boisson, à quelques semaines de l'ouverture de la ligne, fut presque un soulagement pour la petite famille. Mais tout allait devenir plus difficile côté subsistance.

Par chance, la mère de Takumi devint éligible à un fond préfectoral de modernisation agricole et put revendre la ferme à bon compte. Après son déménagement dans la petite ville d'Ōshū, Takumi comprit qu'il devrait un jour assurer la relève pécuniaire. Ses résultats convenables à l'école lui permirent d'obtenir une bourse d'étude et de rejoindre le lycée de garçons de la capitale de préfecture Morioka. Cette ville insignifiante, refuge de teintureries et d'usines de fonte, fut son premier contact avec la modernité citadine. Les salles de jeu et les bars douteux l'occupèrent tout autant que les cours de mathématiques pendant ces trois années d'exil.

Repenser à cette époque lui file un bourdon pas possible. Les classements de sortie d'examen affichés publiquement. Les cigarettes fumées en cachette à l'internat. Le parcours semé d'embûches jusqu'à l'université métropolitaine de Tokyo, où il fut admis en 1984. Son père aurait été fier de lui, le premier de la famille Ueno à intégrer un cycle d'études supérieures. Attiré par la matière et ses transformations incessantes, Takumi se dirigea vers une Licence de chimie. C'était la grande époque des systèmes polymères conducteurs : les propriétés mécaniques et isolantes du polyacétylène dopé à l'iode faisaient frissonner la communauté scientifique, et le tout-puissant Ministère de l'Économie proposait des bourses d'étude attractives sur le sujet. Takumi hésita à prendre la voie de la recherche, mais rejoignit finalement l'industrie électronique. Voilà comment on devient, après vingt-cinq ans de bons et loyaux services, un fier « Responsable approvisionnement galettes de silicium » dans un *keiretsu* du centre de Tokyo. Fidélité et emploi garantis à vie.

Mais au diable le passé. Le vendredi soir, Takumi boit seul au comptoir. C'est un bar d'habitués où les gens parlent peu car les regards suffisent. Les corps s'alanguissent doucement dans la nuit, jusqu'à s'écrouler sur le devant de porte. Ça parle peu mais Takumi a vraiment mauvaise mine, ce soir. Quelque chose ne va pas.

« T'as vraiment mauvaise mine, ce soir. Quelque chose ne va pas ? »

Il déteste qu'on lui fasse des remarques sur son physique. Oui, il a le teint bronzé des gens de la campagne et un visage ingrat de naissance. Passent encore les regards médisants, il est habitué. Mais les remarques sur ses cernes ou son humeur, venant d'un barman, ça l'insupporte.

« Remets-moi un shōchū. »

Ce ne sera pas son dernier verre. Il a envie de se mettre minable, comme ce soir où Jules s'était assis près de lui avec une jolie Japonaise, un an auparavant, dans ce même bar. Première fois qu'il voyait un étranger débarquer ici. Il les détestait, avec leur gros nez et leurs sales manières. Takumi avait observé les deux amoureux se faire les yeux doux, s'embrasser, susurrer des mots incompréhensibles, se toucher l'entrejambe, un peu, passionnément, de manière quasi pornographique, puis partir dans les chiottes. La fille était vraiment mignonne, toute docile comme il les aime. Ça l'avait fait bander, mais c'était une érection de colère, un piquet rance. Il avait eu envie d'en découdre avec cet étranger insolent, venu lui faire la nique exprès et voler SES femmes. En les voyant sortir des toilettes, il avait crié « sous-race d'Américain ! » et plein d'autres choses dont il ne se souvient plus. Jules et sa copine avaient décampé. Les faibles d'esprit, et surtout les Américains, ont peur des ivrognes à l'étranger. **C'EST UN FRANÇAIS ?** Rien à foutre, c'est la même chose. Dégueulasse, pensait Takumi, dégueulasse.

5

Fin août, une semaine avant le début du stage. Des volutes de fumée dansaient sous la lumière d'une vieille lampe à incandescence. Jules et Mathieu discutaient sur de lourds fauteuils à accotoirs posés au centre de la pièce, dans un état d'abandon contemplatif. La colocation entre les deux amis était le fruit d'un heureux hasard : propriétaire des lieux, Mathieu avait souhaité remplacer son ancien colocataire, parti dans l'urgence, et se souvint depuis les fêtes de Bayonne que Jules cherchait un logement à Paris. L'appartement était à deux rues de Sciences Po, façade sage, maintien équilibré, voisinage tranquille. Des étudiants et des professeurs bien habillés, parfois déposés en taxi, affluaient sous leurs fenêtres dans la fraîcheur du matin. Ces cohortes universitaires se convertissaient de bonne grâce aux vertus du libre-échange et de la démocratie représentative, dans un « campus multidisciplinaire innovant au cœur de la capitale » (en français dans le texte). Ils deviendraient les esprits libres et les manageurs pluriculturels de demain : tout était expliqué en détail sur le site internet de l'école. Malgré la foule, il y avait assez peu de vie, dans le coin. Le soir tombant, Jules avait horreur du silence de ces rues éclairées de teintes orangées ; les échos des bars du Petit Bayonne lui manquaient cruellement.

La complicité du duo prenait lentement. Avec son projet de « ne rien faire pendant un an », Mathieu intriguait Jules, qui le voyait sortir de sa chambre enfumée trois fois par jour, un joint à la main, pour discuter ou cuisiner à la va-vite. Mathieu venait de lire, pour la dixième fois de sa vie, *Un homme qui dort* de Georges Perec. Cette histoire, son histoire, d'un étudiant enfermé dans sa chambre, lui inspirait de longues réflexions sur la solitude, l'engagement, le sens des choses, le bonheur vécu en espace restreint. Il sortait uniquement pour les grandes occasions, les courses de subsistance et ses plans cul Tinder, élaborant ainsi une « théorie de l'existence confinée, envisagée comme quête structurale, fonctionnelle et autonome de la vie des individus », dont il tirerait un ouvrage, un jour. Il avait besoin de parler.

« Je suis persuadé qu'un paysan français du XVe siècle, les pieds dans la merde et la vie consacrée au labour des champs, est un sujet historique plus heureux qu'un cadre de la Défense coincé dans son bureau-moquette du 9e étage, entonna Mathieu. Que Jeanne d'Arc, une fille de paysans au destin si commun jusqu'à ses 17 ans, ait pu convaincre le Dauphin du Royaume de France de lever une armée pour défier les Anglais, les battre, et inverser le cours d'une guerre touchant aux destinées de l'Europe, en dit long sur les ressorts mystiques qui animaient les hommes de l'époque. La félicité promise aux adorateurs de Dieu et la présence de communautés humaines soudées, combinées à une vision fataliste de l'existence, me font penser que ce paysan bénéficiait d'une force morale et d'une joie en puissance admirables. À côté, une vie passée à rembourser son crédit d'appartement et à s'émerveiller de son nouveau parquet *imitation chêne* me semble bien dérisoire. Tu vois ce que je veux dire. »

La question du bonheur éveillait l'intérêt de Jules dans ses implications les plus directes. Il voyait, oui, mais rangeait ces considérations dans la catégorie "expérience de pensée séduisante mais invérifiable". En revanche, plus aucun doute n'était permis au sujet de Mathieu : il était un marginal de gauche, accablé de culpabilité d'être un héritier, cultivé et pas dangereux pour un sou, mais idéaliste et certainement chiant à la longue. De toute façon, quelqu'un capable de lire dix fois le même roman était forcément un peu fou, pensa Jules, qui ne s'était pas plongé dans une fiction depuis la classe préparatoire. La prose l'ennuyait, il lisait court, et concret. Et puis rien ne servait de lire les « œuvres classiques » : le charabia littéraire autour des textes, plus que l'émotion qu'on en tirait, suffisait à briller en examen. Disserter, analyser, expurger les textes de leurs mécaniques, il savait faire – les résumés de la collection Foliothèque étaient à ce titre incontournables. Le même raisonnement s'appliquait à toutes les créations de l'esprit : il n'avait jamais été aussi facile de construire ses connaissances sur du rien. C'était le constat de l'évidente imposture intellectuelle de sa *génération Master 2 ouverte sur le monde*, droguée aux savoirs Wikipédia et vidéos YouTube de dix minutes.

Ils discutèrent une heure de plus sur la question du bonheur à travers les âges, la surveillance de masse en société démocratique, et les avantages gustatifs de McDonald's sur Burger King. « On aurait dû prendre des notes ! » lança Jules, satisfait, à la fin de leur échange. Cette première discussion aux airs de salon littéraire le plongea dans un sentiment d'extase qu'il avait rarement ressenti. Ses conversations en classe préparatoire, aussi spécialisées fussent-elles, ne volaient franchement pas haut, et se perdaient trop souvent en bataille d'érudition, pas tant *d'idées*. Et les références à mobiliser étaient strictement encadrées. Quant à ses années en école de commerce, elles avaient plus versé dans l'alcool et la débauche que le débat théorique. « Si t'es puceau, prépare-toi à un jour nouveau ! » lui avait annoncé son parrain d'HEC en guise de salutation. « Les L3 couchent facile. »

Dix minutes après la fin de leur échange, Jules et Mathieu jouaient ensemble à Fortnite, un jeu vidéo phénomène de type « Battle Royal ». En contournant ses adversaires dans cet univers cartoonesque, Jules se sentait habité d'une grande sérénité. Sa première semaine à Paris dévoilait déjà de nouveaux horizons de pensée et des chemins de traverse qu'il faisait bon emprunter. D'ici quelques jours, pourtant, il embarquerait sur le paquebot de la finance mondiale. Il se surprit à oublier qu'il venait d'abord ici pour travailler : il eût aimé rester plus longtemps dans cet état contemplatif, entouré de ses amis, l'esprit disponible à la conversation et aux flâneries. La fin des vacances avait été d'une douceur incomparable.

*

Des suées froides parcouraient son corps tout entier. À l'issue de son premier jour de stage, les discussions dans l'atmosphère enfumée du salon lui paraissaient déjà lointaines. La bascule entre l'univers récréatif des vacances et le *principe de réalité* du monde de travail l'avait saisi à vif, le prenant au dépourvu. Pour quelqu'un de responsable comme Jules, aucun devoir n'était tout à fait anodin : il faisait tout son possible pour ne pas décevoir, quitte à s'oublier dans le regard de l'autre. Cette journée l'avait plongé dans une bulle de concentration et d'attention permanente, prête à exploser. Il repensait à Julie et Guillaume et leurs tableaux Excel bien ordonnés. Il n'avait pas fait grande chose, ce premier jour, à part lire des documents de présentation. C'était à la portée d'un gamin de troisième. Avait-il contribué à la hausse du PIB français ? C'était quoi sa productivité horaire comparée à celle d'un stagiaire bulgare, *en parité de pouvoir d'achat* ? Comment s'en étaient sortis ses collègues et qu'avaient-ils pensé de lui, ces suceurs-premiers-de-la-classe ? D'ailleurs, Guillaume était-il gay ? Il lui avait jeté des regards tout l'après-midi et portait une cravate verte. Suspect. Ces questions l'assaillaient de tout leur poids. Il connaissait ces états agités, abrupts, étranges et obsédants, prêts à surgir dans les moments difficiles : la psychologue du campus lui avait diagnostiqué un **TERRAIN ANXIEUX** en première année d'école. Petit déjà, il vérifiait vingt fois par jour la fermeture des portes, rangeait trop régulièrement sa chambre, et se focalisait souvent sur le détail des choses ; il avait des *prédispositions*, le contexte faisait le reste. « Tout l'enjeu est de réduire la charge émotionnelle de vos pensées, lui avait conseillé la psy. Trouvez des activités qui vous font du bien, sortez de l'injonction du devoir permanent, et apprenez à vous affirmer. Il y a trop de sérieux dans votre vie. Les activités régressives sont essentielles, vous savez. »

Le pommeau de douche à trois vitesses pulvérisait un jet puissant, qu'il laissa s'écraser sur son visage jusqu'à perdre toute notion du temps. À ses pieds, des moisissures verdâtres remontaient les parois latérales de la salle de bains. À bon entendeur, tout espace de vie investi par deux colocataires de sexe masculin forme un biotope idéal à la prolifération d'espèces parasitaires. Rompue à l'art de l'existence clandestine depuis des millions d'années, la blatte germanique (*Blattella germanica*) affectionne les microclimats chauds et humides. Elle investit les faux plafonds et les plinthes en agrégats denses et odorants, se nourrissant la nuit de tous ce que l'histoire compte de déchets : résidus de cuir et de bois, colle de timbre, ongles, manuels de microéconomie et de philosophie postmoderne. Plus à l'aise au sol que dans les airs, le rusé néoptère sait néanmoins planer sur de grandes distances au besoin. Ses régurgitations incessantes dispersent des endogermes partout dans l'habitation. Les larves muent jusqu'à six fois avant d'entamer leur reproduction.

À l'image de ces cycles de ponte rapides, les pensées de Jules n'arrêtaient pas et c'était déjà un peu trop tard pour s'apaiser, la machine était lancée : le stage durerait six mois. Il en vint à regretter le soleil de Benidorm. Il s'essuya avec une épaisse serviette en coton et médita devant son ordinateur, contemplant sa « TO DO LIST » et un document où il avait compilé toutes ses passions, par ordre d'importance : sortir dans les bars, contempler le monde de manière désintéressée, regarder le foot, faire un tennis... En période de stress, ces listes lui donnaient l'illusion de garder le contrôle. « Les lasagnes sont prêtes ! » cria Mathieu, visiblement un peu paniqué ; une odeur de cramé enveloppait tout l'appartement. Extrait de son monde, Jules répondit d'une voix enjouée « j'arrive ! », resta une minute encore les yeux fermés devant son ordinateur et, dans un effort surhumain, se dirigea vers la cuisine, feignant de sourire. Mathieu ne remarqua rien d'anormal. Au lit à minuit pour un réveil prévu à 6 h 30. En imaginant une vie entière construite sur ce modèle de travailleur invisible, une intense sensation d'étranglement le saisit à la gorge. Les études, les stages, les attentes familiales, le Dieu PowerPoint, l'Univers tout entier, même, l'avaient conduit jusque dans ce lit, ce soir, en qualité de stagiaire docile. Et des forces non moins déterminantes allaient le conduire à se lever le lendemain matin, prendre le métro, faire d'hypocrites salutations matinales à ses voisins de bureau, allumer son ordinateur, attendre l'appel d'Éric, faire du copier-coller. C'était écrit. Existait-il un chemin dans lequel les choses iraient autrement ?

6

« Putain, elle est où la touche de validation ? »

Jules pianotait avec difficulté sur son clavier d'ordinateur, répondant en même temps à un « Questionnaire d'arrivée sur le lieu de travail » et cherchant à comprendre le mode de fonctionnement de ses outils informatiques. Composer « 666 » sur le téléphone de bureau l'envoyait vers un service technique anglophone ; le système d'exploitation refusait obstinément ses choix de mots de passe ; un chatbot buggé lui proposait des recharges de stylo-bille. Le technicien s'était trompé en installant dans la matinée un clavier américain de type *QWERTY*, réduisant considérablement sa vitesse de frappe – *tout se déroulait comme ça se déroule habituellement dans les grandes boîtes.* Si l'absence du symbole « € » au profit du caractère « $ » ne posait aucun problème pratique, il en allait autrement de la privation de l'accent circonflexe et autres particularités typographiques françaises. À l'oral, le déluge d'expressions américaines se noyait facilement dans la conversation : un franglais bâtard et inintelligible s'était imposé dans le monde de l'entreprise, où on ne jurait que par des *forward, future*, et autres contrats *backwardés.* C'était plus difficile à l'écrit, où persistait un semblant de décence linguistique.

Éric était passé le voir en coup de vent à 9 heures. Sa journée s'annonçait bien remplie : une succession de réunions, calls, et autres meetings de travail urgents. Jules l'écouta poliment, ne sachant trop quoi demander. Derrière, il avait l'impression que Guillaume lançait régulièrement des petits sourires intéressés. L'unique intérêt de cette entrevue fut d'apprendre que son *scope d'activité* en tant que stagiaire serait « à géométrie variable » : il devait assister ses collègues, quel que soit leur département de rattachement. Son stage « d'assistant analyste en fusions-acquisitions » déguisait en réalité un emploi transversal et mal défini : un leurre commun qui évitait aux entreprises en « phase de réajustement salarial » d'embaucher de nouveaux employés à temps plein. On colmatait la brèche avec des stagiaires et de jeunes diplômés promis à développer leur véritable potentiel dans le bain de l'entreprise. Un cache-misère de sens, une vraie tannée de travail.

Maître de son planning pour la matinée, Jules décida de retarder un peu plus sa prise de responsabilités. D'ici vingt-cinq minutes, toutes les équipes de l'étage se retrouveraient à la pause-café, l'occasion pour lui de se présenter et de sonder le tempérament de ses collègues. Non sans une pointe de culpabilité, il consacra le reste de son temps libre à parcourir le site internet de la banque : une activité « détente », peut-être, mais utile à la meilleure connaissance de son employeur ! Qui pourrait le lui reprocher ? Il cliqua sur l'onglet « Nos valeurs » du site officiel de la Corporation Générale. Dans une série de vidéos soigneusement montées, la banque donnait la parole à ses salariés : de Moscou à Bombay, une ode au « dépassement de soi », à « la satisfaction client » et à « l'inclusivité ». Il en ressortait un clip coloré, musical, gage de la diversité et du redressement moral du groupe (présent dans 70 pays et *territoires*). Une séquence de fin larmoyante montrait des agents sourire dans les locaux d'une Fondation pour l'égalité des chances à Jakarta. Sur la même page, la banque affichait une série d'engagements éthiques, déployés en trois axes majeurs, magnifiés par une insertion sur fond bleu azur.

UNE BANQUE OUVERTE À LA DIVERSITÉ ET À L'INCLUSION

UNE ENTREPRISE RESPONSABLE DE SES ACTES

PROMOUVOIR LE DÉPASSEMENT DE SOI ET L'ACCOMPAGNEMENT DES COLLABORATEURS

À 9 h 52, la réception sonore d'un e-mail rappela Jules au réel : un écran tyrannique agençait son quotidien. Un certain Edmond La Roseraie-Bruyère, *Responsable Help Desk*, lui envoyait un lapidaire *« Of course »* en réponse à une de ses questions sur « Les modalités d'utilisation des imprimantes ».

*

Parsemée de tabourets en cuir années soixante, la salle de pause ressemblait à une grande cuisine américaine avec îlot central, couleur chêne de Virginie. Éviers aspect granit Monaco.

Une petite dizaine d'employés discutaient autour de la machine à café du week-end, de la rentrée scolaire, des vacances à Bali. Jules reconnaissait là le ton des petites conversations de la vie quotidienne pour conjurer le début de semaine. Des conneries d'articles sur le Bitcoin ou la vie secrète des grands arbres – vous référer au reportage Arte du dimanche soir – occasionnaient des commentaires méprisables sur l'actualité, l'imminence de « la Crise » à venir, ou les difficultés de gouvernance de l'UE à 28. Jules admettrait pourtant que ce lieu, à défaut d'être divertissant, autorisait plus d'humanité que son bureau en open space. Soudain, Pascal Sauterelle fit son entrée.

« Ha ! Y'a de la viande fraîche aujourd'hui ? Partez pas trop vite les jeunes ! »

Pascal faisait référence à Alexa, la dernière stagiaire sous la tutelle d'Éric, qui avait quitté son poste du jour au lendemain. Anorexie ? Dépression ? Burn-out ? Elle n'avait plus donné de nouvelles depuis trois mois. Des rumeurs circulaient. Sexagénaire au costume marron taupe – un cas d'école du mauvais goût des hommes de sa génération – Pascal était un administratif aux 12 000 jours de boîte et au teint gras. Il y tenait, au cap des 12 000 jours, franchi le mois dernier ; il lui en restait 300 à tirer avant la retraite, qu'il cochait sur un grand calendrier accroché dans son bureau.

« T'es bronzée Martine ! Alors Marrakech ? »

Sa voix inondait l'espace jusqu'à l'étouffement ; ses empoignes vigoureuses malmenaient les usages de la politesse. Son être évoqua tout de suite chez Jules la figure de l'oncle hardi des repas de famille, l'accent provincial en moins, l'haleine d'égout en plus. Quel destin, pensa Jules. Quel parcours. Si on considère que les cent mille milliards de cellules du corps humain se renouvellent entièrement tous les quinze ans environ, Pascal était apparu sous trois enveloppes corporelles différentes à la Corporation Générale. Les locaux aussi, avaient fait peau neuve, et connu quelques déménagements, mais le gros de la structure administrative n'avait pas changé, tout comme ses cellules neuronales, plus résilientes. Embauché à 20 ans sans le Bac, à une époque où la banque était encore propriété d'État – les chars soviétiques grondaient à l'Est –, Pascal avait connu la fin des Trente Glorieuses, l'emploi facile, l'inflation à 13 %, les crédits maison prometteurs, la libération sexuelle (heureusement pour lui), la « gauche » au pouvoir, le tournant de la rigueur, la financiarisation du monde, les tour-opérateurs aux Canaries, l'iPhone, Jamel Debbouze, le New

Management, les taux d'intérêt négatifs, Donald Trump. D'abord préposé au tri des factures, puis responsable d'un pôle logistique et enfin « Ingénieur d'études » pour une branche sur le déclin, il avait patiemment monté les étages de la structure jusqu'au 14e étage, entouré de stagiaires surdiplômés payés un septième de son salaire. Agent historique fondamental du monde occidental du début du XXIe siècle, Pascal Sauterelle représentait beaucoup plus qu'il ne se l'admettrait jamais : il était le dernier représentant passif d'un monde d'évidences amené à disparaître.

Au bout de cinq minutes de bavardage à sens unique, Carole, de l'équipe *Consumer Retail*, invita les stagiaires à se présenter. Jules redoutait toujours cet exercice sans notes de préparation. Il avait beau réciter sans fin les mêmes évidences, mentionner les qualités inscrites jusque dans sa chair, les mots se dérobaient dans son esprit au moment de l'exposition de soi. Plus encore, il s'emmerdait profondément à écouter les *« Laurent, 33 ans, père de deux enfants et banquier au service de la ville du futur... »* Il ne retenait aucun détail des dizaines de présentations qu'on l'obligeait à se taper à l'école ou en stage, n'en attendait pas moins des autres à son égard, et récitait son texte boursouflé comme un acteur revenu de tout. Pour changer la donne, il avait lu sur un blog de développement personnel une astuce pour « bien se vendre en entretien » : ça consistait à ne pas dévoiler son nom en premier en intriguant son auditoire avec une remarque contextuelle. Vu sa place autour de la table, il serait le troisième à se jeter au bain.

Le premier stagiaire s'appelait Reda, un ingénieur d'une école top 10 au chino rouge pâle, passionné de voiture électrique et de déploiement d'énergies renouvelables. RAS. Sylvain, un grand gaillard dopé aux stéroïdes et spécialiste en calcul stochastique, lui emboîta le pas. Il savait coder sur VBA et portait une chemise au col négligemment ouvert, style méditerranéen – comme les sexagénaires, les ingénieurs avaient rarement bon goût. D'ici quelques secondes, ça serait au tour de Jules. Son cœur battait fort. Braquage de dix paires d'yeux sur son visage.

« Bonjour à tous, et merci pour le café. Ma présence aujourd'hui est d'abord un concours de circonstances amusantes. J'ai toujours été passionné d'économie politique, avant de découvrir en école la réalité mathématique de cette matière, ce qui m'a poussé vers un double diplôme Sciences Po - HEC. Je suis rentré du Japon cette année après un semestre d'échange universitaire sur place, suivi d'un stage au service économique de l'Ambassade de France... »

Sa bouche était pâteuse, sa voix vrillait en fin de phrase.

« C'est là-bas qu'on m'a conseillé de faire un tour en banque privée, pour m'ouvrir des portes dans le monde de la finance et des grandes banques multilatérales. Je vais travailler dans la division *Utility* avec Éric, qui est en réunion aujourd'hui, en espérant mettre à profit mes connaissances dans le secteur de l'énergie. J'espère que nous pourrons coopérer sur des missions passionnantes et, peut-être, nous retrouver dans un club de sport au sein de l'entreprise, car je pratique le tennis depuis dix ans. Je parle anglais, espagnol et j'ai quelques notions de japonais. Je m'appelle Jules, j'ai 25 ans. »

Sa présentation *business-friendly* gagnait en sincérité, mais la digression sur le tennis lui parut immédiatement de trop. Un silence pesant suivit. Pascal prit la parole sur un ton rigolard :

« Il nous sort d'où celui-là ? C'est dans quelle école qu'on apprend à réciter son truc comme ça ? »

Les blogs brassaient du vent, l'originalité ne se décrétait pas. Et Pascal était un con.

*

Ses trépignements faisaient discrètement vibrer la table. De mémoire, c'était la première fois qu'une contrariété professionnelle débordait son corps et sa raison, l'énervant au point de vouloir casser quelque chose. Les lunettes rectangulaires de Pascal Sauterelle, par exemple. Il aurait pu ressentir de la honte et s'affaisser, mais les remarques de ses collègues dans la salle de pause, passé un instant de sidération, activèrent en lui une poussée d'orgueil. Il les méprisait tous. Après les vexations du matin, l'après-midi commençait mal : ce briefing d'équipe dirigé par Éric, avec tous les autres du pôle *Utility*, avait un arrière-goût de formol.

« Jules, tu seras sur la task force Voltelec avec Lise et Marthe. C'est un gros client. Ils ont vraiment besoin de nous. »

Principal énergéticien danois, Voltelec cherchait à céder ses centrales à charbon et à racheter des fermes éoliennes pour verdir son bilan. L'énergie propre était une vraie préoccupation dans les pays nordiques, impossible de passer à côté, expliquait Éric. Les éoliennes en haute mer étaient présentées avec l'entrain habituel : haut potentiel électrique, subventions publiques incitatives, bon coup *marketing*. Un peu comme ces puits de pétrole offshore, au large des côtes africaines, qu'un ingénieur français de *l'Oil & Gas* était venu présenter à HEC :

« L'avantage du pétrole en mer, c'est qu'on n'arrête pas la production en cas de conflit armé... des sociétés privées vous protègent les installations pour trois fois rien et le business continue jour et nuit... Bon, des fois il faut un peu graisser la patte, mais sans ça on n'arriverait à rien. Regardez l'Angola : j'y passerais pas mes vacances, mais la production tourne bien au large des côtes et la question environnementale, c'est secondaire, là-bas... C'est même un de nos

sites les plus rentables. » Un cours de finance de l'énergie comme les autres.

Jules acquiesçait à chaque fois que l'intonation d'Éric l'y invitait, mais des pensées parasites l'empêchaient d'être totalement présent. Ça avait l'air sérieux, ces analyses. Du travail de pro. *Du bullshit au service d'une politique du moins pire*, asséna-t-il intérieurement, s'étonnant lui-même d'émettre un avis si tranché.

À l'issue de la réunion, une fois les rôles bien définis et les attentes exprimées, tous les participants regagnèrent leur poste ; Jules se retrouva seul dans la salle à compléter sa prise de notes. L'endroit était calme, une petite soufflerie se faisait entendre dans le faux plafond. Il ferma les yeux quelques secondes. Ça sentait le bureau. L'endroit tout entier respirait exactement ce pour quoi il avait été conçu : une salle de réunion d'intérieur, sans aucune profondeur ou ambiguïté olfactive de plus. Il rouvrit les yeux. Une clé USB à l'effigie de Donald Duck était posée sur la chaise d'Éric. Surmontée d'un porte-clés rouge, on y lisait « My Sweet Heart » gravé en lettres colorées. L'objet éveilla immédiatement une curiosité malsaine chez Jules. *Étrange*, pensa-t-il, *ça ne lui ressemble pas vraiment.* Il la prit en main pour l'observer de plus près ; du bruit se fit entendre dans le couloir ; il s'en empara dans un accès de crainte et l'enfouit dans sa poche à rabat. Il croisa Éric en sortant de la salle.

« Tu n'as pas trouvé une clé USB par hasard ? » C'était une question mais on aurait dit un ordre. Jules répondit d'instinct :

« Ha non, désolé. J'étais en train de réfléchir à comment traduire l'appel d'offres en danois de Voltelec. Apparemment il y a un traducteur payant, DeepL, qui fait du très bon boulot. J'ai demandé à obtenir la version d'essai. » Son ton était très naturel, convaincant.

« Ok on en reparle plus tard. »

Éric s'engouffra dans la salle en lâchant un discret « putain ». Jules retint son souffle et regagna son poste de travail, où il effectua des recherches préliminaires sur Voltelec. L'entreprise danoise venait d'inaugurer sa fondation « Futur propre » à grand renfort de communiqués de presse. Elle promettait d'accélérer la transition de sa flotte de véhicules vers l'électrique.

Jules quitta le bureau à l'heure. La clé était dans la poche droite de son pantalon au moment où il s'imagina recevoir un e-mail d'Éric intitulé : « Clé USB Donald Duck perdue : quelqu'un ? ». C'eût été un drôle d'e-mail, pensa-t-il, mais rien d'impossible. On trouvait vraiment de tout, dans les boîtes mail, en septembre 2018.

Arrivé à l'appartement, il se précipita sur son ordinateur. « ALEXA » : c'était le nom du périphérique, rempli de dossiers chiffrés et accessibles uniquement par mot de passe. Alexa. Jules fit le lien avec l'assistant virtuel d'Amazon, mais aussi avec l'ancienne stagiaire d'Éric, partie du jour au lendemain. *Qu'est-ce que c'est que ce bordel ?* se demanda-t-il. Et si c'était un test de loyauté de la part d'Éric ? Il n'avait pas volé la clé, elle était abandonnée ! Mais c'était trop tard pour la rendre. Traversé d'inquiétudes, il déposa l'objet dans un tiroir, entre un jeu de tarot et des souvenirs de voyage. Il prétendrait n'en avoir jamais entendu parler.

Au moment de s'endormir, le costume et l'haleine de Pascal, le design des locaux, les ambitions de Voltelec et le bec de Donald Duck lui retournèrent l'hémisphère gauche du cerveau. Il cogita de longues minutes avant d'éteindre la lumière. À 23 h 43, les yeux plissés de fatigue, il reçut un message de son *ex-en-devenir*, Charlotte, qui rentrait sur Paris : « Est-ce que tu m'aimes encore ? Je t'en prie, sois concis, vrai, limpide. Oui ou non. Pas de faux-fuyants ou d'atermoiements. Pas de longues tirades ou d'explications réfléchies. Pas d'ambiguïtés. Oui ou non. Quand je suis avec toi, cela ne fait pas l'ombre d'un doute. Mais à peine es-tu parti que j'ai peur de ne jamais te revoir. Tu me fais l'effet d'un soleil disparu sous les ombres, Jules. » Il faisait le mort depuis deux semaines et savait, au fond, qu'elle ne l'intéressait plus.

Quelques secondes plus tard, Jane, un match Tinder avec qui il parlait depuis deux heures, lui envoyait : « Ok pour un verre demain à Bastille ? » Sans plus réfléchir, Jules répondit « Oui ! » à Jane et « Non. » à Charlotte – il s'agissait de paraître confiant dans les deux situations. Il visionna deux vidéos en top tendance sur Pornhub afin d'apaiser son bas-ventre, trouva l'éjaculation assez peu réussie car précipitée, et, sur les conseils de Mathieu, ouvrit *Le Père Goriot* de Balzac. Il lut cinq paragraphes avant de s'ennuyer et réfléchit une heure de plus dans son lit, sans beaucoup d'optimisme, à sa peur congénitale de l'engagement amoureux. Malgré un inconfort général et le sentiment que les évènements prenaient le pas sur lui, il se sentait porté par une espérance confuse, indistincte, intrigante dans l'ensemble. Il était étrangement vivant.

7
The Dating Game

Depuis sa majorité, aucune passion érotique n'avait égalé en intensité les frissons amoureux de l'adolescence. Jamais une étreinte ne l'avait transporté aussi loin qu'un baiser sous le préau du collège, ni exalté comme la vision furtive de son « amoureuse ». À cet âge, l'absence de rapports charnels et les mystères durables des sentiments développent un imaginaire idéal, désireux du meilleur et vierge de toute trahison. Jules repensait tout particulièrement à Chloé, une métisse rayonnante de son école, qui l'avait accompagné tout un été dans ses rêves. Sous un climat ensoleillé et sec, la pelouse était couverte d'aiguilles et de pommes de pin. Il courait dans un grand parc, projetant à l'abri des kiosques et des taillis les fruits fertiles de son imagination : ici Chloé le tenait par la main, là ils riaient ensemble comme des grandes personnes ! La rentrée et la promesse de se revoir approchaient à grand pas : le bonheur simple, aérien, du cœur d'un jeune enfant. On aurait tort de moquer les amours de jeunesse, pensait Jules. Sans irrégularités possibles, ils offrent un refuge enchanté avant l'âge adulte, et étalonnent nos désirs pour le reste de la vie.

Jane : « Je recherche juste du fun »

Le cul à l'ère numérique avait emporté ses derniers espoirs romantiques. Et son envie de baise l'emmenait dans un bar étudiant minable de Bastille, après une journée insipide au travail, pour rencontrer une parfaite inconnue en quête de relation sans lendemain. Ne restait plus qu'à se taper le cirque de la drague et de la découverte de l'autre : un rituel long, complexe, et le plus souvent inintéressant, mais qui valait toujours mieux qu'une soirée branlette devant son ordinateur. Il avait visionné pendant sa pause de midi un reportage Arte sur les grands singes. Eux, qui nous ressemblent tant, s'évitent de telles palabres et forniquent selon un principe hiérarchique strict. Entre mâles et femelles dominants, la copulation est généralement très bruyante, ostentatoire ; les individus faibles tiennent la chandelle. Les vulves gonflées des femelles bonobos sont un indicateur de leur disponibilité sexuelle : elles restent pulpeuses bien après la période de fécondité, permettant aux mâles de continuer à s'accoupler sans jamais savoir s'ils seront les pères biologiques des enfants. Cette sexualité abondante et ce principe de *confusion des paternités* permettent au groupe d'éviter les infanticides et de résoudre la plupart des problèmes sociaux sans violence. Et les sociétés bonobo sont de surcroît dominées par les femelles ! Jules avait de la sympathie pour les bonobos. 98 % d'ADN codant en commun, ça invite à la réflexion.

« Je fais de l'aérobic en salle et du modern'jazz. Mais j'aimerais bien me mettre au surf. »

Jules n'écoutait qu'à moitié. Les seins de Jane étaient lourds et magnétiques. Canadienne francophone, elle donnait l'impression de vivre cette vie aérienne des grandes villes d'Amérique du Nord, entre bureaux de verre, enquêtes policières, clubs de yoga et hivers rigoureux. *Executive woman* en devenir, elle voyageait le monde avant de retourner au Canada « monter sa start-up dans la *silver economy* ». Elle voyait dans la vieillesse un marché prometteur, et espérait gagner beaucoup d'argent avec une application de mise en relation entre patients et travailleurs sociaux. Jules souriait aimablement. Avec l'expérience, il avait développé un rapport calculatoire à la drague. C'était quasi mathématique, pensait-il : un sourire, un récit enjolivé de sa vie – il était important de vite créer de l'intimité –, un peu de grandeur d'âme et de douceur… voilà…

en général ça suffisait pour coucher. Et l'amour? La tendresse était toujours là, mais l'amour? Disparu depuis longtemps. Perdu de vue dans les boucles algorithmiques, le désir narcissique et l'accumulation des partenaires. Il s'était fait la remarque en compilant le nom de sa 30e conquête dans son tableau Excel.

La vieille Europe intriguait Jane, qui fantasmait un art de vivre disparu; elle partait pour Berlin le lendemain. Jules pensait à Paris et ses trottoirs souillés, ses déjections canines et ses clochards agonisants. La carte du *French Lover* faisait toujours l'affaire, mais la rente historique du pays des Lumières sur le marché de l'amour souffrait ces dernières années d'une soumission grandissante aux courants mainstream. Dans la grande soupe mondialisée, l'exception française battait de l'aile et jetait une lumière crue sur le peuple universel : il apparaissait de plus en plus comme les autres, drogué à Netflix et McDonald's, partisan des meubles Ikea et des sneakers difformes. Jules n'échappait pas à la règle. Avait-il vraiment besoin de repenser à tout ça maintenant?

« Je te conseille le Neues Museum sur l'île au Musée à Berlin, rebondit-il. Ce sont des collections centrées sur l'Égypte antique. C'est fascinant de se connecter à de si vieilles reliques. »

Quelles conneries il ne fallait pas dire. Jane trouvait d'ailleurs Jules légèrement pédant et faux dans son approche; il étalait trop ses propos et ne comprenait rien à l'économie numérique. Allaient-ils vraiment coucher ensemble?

Par chance, la troisième Chouffe rendait toujours la vie plus légère. Jane s'approcha du comptoir, le saisit par la taille, et agrippa son entrejambe gonflé à bloc. Un regard flou précéda un baiser passionné debout dans le bar; ils prirent un Uber jusqu'à chez elle. Une pipe, un cuni, un coït fougueux dans trois positions différentes; quelques fessées aussi – *smack my ASS!*

harder! répétait-elle. Un plaisir court quoique intense, dans un appartement Airbnb très bobo dans l'âme. Il débanda deux fois mais finit par jouir dans un râle puissant, quelques secondes après elle. Treize minutes au compteur. Le sexe en langue étrangère avait toujours un goût spécial, trouvait-il. Et pour cause : en s'affranchissant de la charge émotionnelle des mots – la linguistique appelle ce phénomène *résonance émotionnelle réduite du langage* – les séances de copulation récréatives devenaient plus libérées en VO sous-titrée. Véhicule principal de l'imagerie pornographique, l'anglais était devenu la langue du cul mondialisé. Ils se dirent au revoir courtoisement et ne se recontacteraient jamais. C'était une évidence partagée.

Dans le taxi du retour, Jules était d'humeur méditative. La jouissance sexuelle, extatique sur le moment, lui semblait peu de chose à tête reposée. Sa libido suivait le tracé d'une courbe en cloche, une courbe de Gauss réduite en densité de probabilité : soutenu par une imagerie érotique abondante, son désir montait en flèche, s'apaisait de manière plus ou moins heureuse, seul ou à deux, et s'écrasait avec fureur. Homme de son temps, il croyait à la mobilité des biens, des services, des capitaux, et des partenaires. Mais le fantasme du plaisir infini se heurtait aux limites du corps et à la fatigue de l'esprit. La mobilité affective devenait un enracinement ennuyeux, comme les autres. L'abattement post-coïtal était moins sensible quand la fille restait dormir la nuit, les caresses au creux de la couette prodiguant un bien-être digne d'un encens magique. Son pilier affectif était encore à la recherche d'un équilibre, entre désir de liberté et besoin d'attachement, mais globalement, sa vie amoureuse vivait de beaux jours. Dérisoires, ces passes amoureuses ? Peut-être. Mais s'il abandonnait ces élans charnels, que restait-il de vraiment désirable dans le monde de dehors ? Les amis et la famille ? Assurément. Les guides Lonely Planet ? Une arnaque. Le travail, les réunions et son double diplôme Sciences Po - HEC ? Impossible. Impossible de s'en tenir à cela. Il oublia de programmer son réveil du lendemain.

*

La scène d'horreur ne survint qu'en milieu de matinée.

C'était une journée au temps agréable, chaude mais sans inconfort thermique, typique d'une arrière-saison accommodante ; des abrutis à lunettes répétaient souvent *« c'est l'été indien »* sur les terrasses de café. Levé avec dix minutes de retard, Jules avait revêtu sa chemise blanche favorite, avec boutons de manchette, et une cravate rouge à motifs géométriques. La lumière de la salle de bains projetait sur son visage des ombres de fatigue ; sa barbe, hirsute, méritait une coupe. Il avait toujours détesté se raser pour aller au travail. Il se préférait avec une moustache discrète, malheureusement trop inégale pour être tolérée au bureau, et percevait comme une mutilation quotidienne ces séances de *mise en conformité esthétique*. Éreinté mais d'humeur joviale, comme avant un rendez-vous galant, il avait déjà oublié sa soirée avec Jane et quitta son appartement comme si la femme de sa vie l'attendait derrière la porte d'entrée. C'était quelque chose de fort, un fantasme de séduction enfantin et spontané, mais délicieux d'espérance.

Un vent sec soufflait sur les platanes du boulevard Saint-Germain, encombré de voitures et d'étudiants pressés. Les roulements du métro crissaient normalement dans le silence souterrain ; Jules entendit les mêmes murmures et les mêmes cliquetis qu'au premier jour dans le grand hall de la Corporation Générale. Soixante-douze heures s'étaient à peine écoulées qu'il avait l'impression de tout connaître des locaux et de leur faune : il y avait une odeur musquée de routine. À la cafétéria du 15e étage, le thé avait un goût de pisse chaude mais il en prit un deuxième pour se réveiller. Pas de panique, il était malgré tout en avance. De grands nuages blancs soufflaient sous le soleil de l'esplanade de la Défense, peuplée de fourmis agitées et dévorantes. Le travail en tour offrait de nombreux avantages : optimisation de l'espace, synergies de travail, vue panoramique… Les immeubles en verre, de surcroît, donnent toujours une impression de solidité et de confiance : si fragile à l'œil, le verre consacre la prospérité et la quiétude des quartiers où il s'installe. Shanghai, Taipei, Jakarta, Saïgon… ce n'est pas un hasard si les métropoles asiatiques se sont couvertes de verre en trente ans : elles savourent leur triomphe. À côté, la Défense apparaissait comme une copie frauduleuse des *Central Business Districts* américains, mais restait un mal nécessaire à l'attractivité mondiale de Paris : la concurrence londonienne était sans pitié.

Il descendit vers la salle de pause pour y récupérer un yaourt à la pêche avant de se mettre au travail. La moquette avait visiblement été lavée. Il fredonnait un air de variété au moment d'ouvrir la porte, mais lequel ? Peut-être *Couleur menthe à l'eau* d'Eddy Mitchell. Il se figea un instant. Pendu à un tuyau de raccordement sanitaire, un cadavre flottait dans l'air. Un homme, la quarantaine. Son visage, bleuâtre, portait depuis longtemps le masque de la mort ; on eût presque dit un fantôme. Trois fioles de whisky vides et des boîtes de médicaments défoncées jonchaient également le sol. Jules toqua au premier bureau venu.

« Il y a un pendu en face – Comment ça ? »

Son interlocutrice fronça les sourcils, prit la chose avec sérieux – *y avait-il une meilleure façon de réagir ?* –, découvrit le corps, cria dans le couloir. Une foule inquiète s'agglutina devant l'autel macabre ; tout redevenait plus calme au moment où les ambulanciers et la police confirmèrent le décès de l'inconnu. Jules dut répéter à six reprises le déroulé de sa matinée : le soleil, Saint-Germain-des-près, la ligne 4, le yaourt à boire, le cadavre aérien. La piste du suicide était privilégiée.

« Je pensais pas voir ça un jour » dit Julie, en train de chercher une raison d'être troublée. Guillaume ne souriait plus.

L'annonce de la tragédie se répandit dans l'immeuble, puis le siège tout entier. Des sites d'information en continu répercutèrent la nouvelle dans leur fil d'actualité. La Direction se fendit d'un communiqué de presse pour dire sa « tristesse » et sa « solidarité » avec les salariés, dans l'attente de l'identification du malheureux. En déplacement professionnel, Éric envoya un e-mail à toute l'équipe pour « remotiver les troupes ».

Jules sauvait les apparences, mais souffrait d'une intense agitation intérieure. Il n'arrivait pas à se défaire de l'expression de désespoir qu'il avait lue sur le visage du suicidé. Son travail du jour, l'actualisation d'un outil de suivi et d'analyse en langage Python, lui parut plus dérisoire que jamais. Il avait vu la mort frapper à sa porte et le saisir d'un étrange vague à l'âme. La vie, en reflet, lui parut absurde et précieuse à la fois.

*

Takumi a le visage impassible et bien rasé. Confortablement assis dans le métro tokyoïte, il profite du silence et de la climatisation intégrée. Personne ne le sait mais ce siège, c'est *son* siège. Huitième voiture, première travée sur la gauche, banquette côté fenêtre. Si quelqu'un vient à s'asseoir dessus, il lui jette un regard noir, du genre *discute pas et casse-toi.* Ça suffit à faire fuir les audacieux dans 99 % des cas. En cas d'échec, il s'approche et écrase le pied de sa victime, en tripotant sa bite sous son caleçon. Là, ça marche à tous les coups – filles et garçons compris. Les gens n'osent jamais crier en public. Il le sait.

Sur le quai, des pousseurs entassent les passagers dans les rames bondées, mais tout se passe dans le calme et l'obéissance. Il a de la chance de monter quelques arrêts avant la cohue : c'est un des avantages, en plus des loyers tout juste abordables, d'habiter la préfecture de Kanagawa. Le train redémarre et les voitures brinquebalent à peine. Son cœur, lui, commence à palpiter. Il sait que c'est extrêmement risqué, mais il ne peut pas s'empêcher d'y penser, c'est plus fort que lui. Il va le faire. Discrètement, il s'assure que ses voisins ne l'observent pas. L'homme à sa gauche dort la tête en arrière. Il tient entre ses mains un exemplaire du *Yomiuri Shimbun* et descendra sûrement à la gare de Shinjuku, dans trois arrêts : c'est suffisamment long. À sa droite, une femme soucieuse ; elle peut avoir 40 ans, en fait 20 de plus. Vu son air figé, elle ne tournera pas la tête non plus. C'est le moment. Lentement, il sort son Samsung Galaxy S7 et accède au dossier sécurisé. Le fil de discussion auquel il participe anonymement a reçu 112 nouvelles notifications depuis sa dernière connexion, surtout des messages et des photos qu'il regardera plus tard.

Lui-même est un grand « récupérateur » de données. Il profite de sa position de superviseur achat dans son entreprise pour piéger les e-mails qu'il envoie dans un cadre professionnel. Les gens sont cons, ils cliquent sur n'importe quoi. Il pourrait leur envoyer un fichier nommé « **ATTENTION VIRUS** » qu'il se trouverait bien un abruti pour l'ouvrir. Un clic et c'est bon, il accède à tout ce qu'il veut sur l'ordinateur de sa victime. Il enregistre les meilleurs moments et les poste en ligne.

Son compte favori *Vert_Galant* – Takumi admet un tropisme français dans ses choix de vidéo – a posté trois nouvelles vidéos. L'attente est insoutenable ; il peine à voir le contenu. Ce qu'il préfère, ce sont les sessions *live* : l'une d'entre elles vient justement de commencer à Paris. Il la visionne quelques secondes en luminosité restreinte. Quelle excitation ! Il ne peut s'empêcher d'émettre un petit sourire d'aise. Si tous ces gens savaient ce qu'il regarde, si seulement ils savaient. Il suspecte le type mal rasé d'en face de tremper dans le même merdier ; il sait reconnaître le regard du vice. Que personne ne le juge, pense-t-il, que personne n'ose dire quoi que ce soit. Où est l'âme pure qui n'aurait rien à se reprocher dans ce monde ?

Panneau 2 :
Dans un fauteuil profond

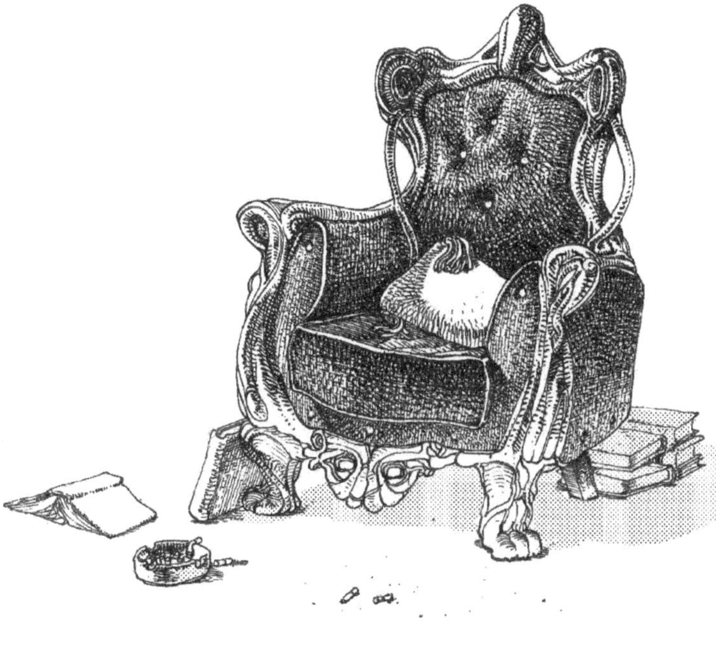

1
ODYSSEY 2022

« Bien ta vie d'esclave ? »

Des considérations de premier ordre, éparpillées sur un forum de jeu vidéo, éveillaient la curiosité de Jules au petit matin. Le fil de discussion en ligne exposait les cas de conscience d'anonymes de tous bords au boulot. Il y avait des histoires de crevettes avariées vendues en connaissance de cause à des restaurateurs italiens. Certains témoignages racontaient enfreindre les normes incendie lors du déballement de palettes inflammables en supermarché. D'autres questionnaient leur chance d'entrer au paradis après un stage en laboratoire agroalimentaire. Les perspectives de désillusions étaient à peu près sans limites, ce qui conduisit Jules à faire son introspection. S'il regrettait le temps perdu en formalités administratives excessives, ses réalisations informatiques prouvaient la technicité de son poste, non ? *Mon job n'est pas à la portée de n'importe qui*, pensa-t-il. Il préféra toutefois éluder la question de l'utilité de ses travaux : l'impasse était évidente.

Un e-mail intitulé « Nous sommes tous Nicolas » échoua sur sa boîte Outlook. Rédigé par la Directrice de la Communication Interne du groupe, le message était un éloge funèbre à l'attention du suicidé de la veille, dont l'identité venait « d'être établie avec certitude ». Cadre depuis cinq ans à la Corporation Générale, Nicolas Sébastopol était à 32 ans le Vice-Président de la branche « Structured Export Finance ». Sa contribution « irremplaçable » à la stratégie « 7/4/2 » – évoquée sans plus de précisions – restera dans les mémoires, assurait la Directrice. Nicolas aurait dû partir à

Hong Kong ce jour, et avait organisé un pot de départ la semaine précédente, précisait-elle. Dans son discours d'adieu, il avait vanté « le formidable esprit d'équipe » de ses collègues et dit sa tristesse de quitter Paris. La Responsable de la communication enjoignait toutes les équipes à se « montrer digne » de la contribution de cet illustre collaborateur. Nicolas ne laissait pas d'enfants derrière lui.

Le téléphone sonna dans la foulée, c'était Éric. Jules sentait que la relation entre les deux était vouée à une cordialité de façade, purement professionnelle. Il avait l'impression de n'être qu'un détail insignifiant et remplaçable d'un agenda bien rempli ; il accomplissait de grands efforts pour paraître calme et diligent en toutes circonstances. Ses relations avec les autres stagiaires s'acheminaient avec une certitude mathématique vers l'horizon du néant.

« Jules, j'ai besoin que tu me fasses *ASAP* un résumé sur l'industrie des *3Ds* en France. J'ai une réunion dans l'après-midi sur le sujet. Arrête ce que tu fais sur Voltelec, épluche les rapports de développement durable des grandes boîtes du secteur, et fais-moi un rapport chiffré pertinent sur le sujet. Sois concis. » Le ton était sec, encore moins coulant que d'habitude.

« Ça marche, Éric, quelle longueur à peu près ? »

L'évidence s'imposait : il n'accomplirait au cours de son stage que des tâches ingrates, des bras d'honneur à l'intelligence. Cette réalité amère l'avait déjà secoué lors de son stage en ambassade, mais au moins avait-il eu l'impression, à l'époque, de travailler pour le *bien commun* ; ici, tout était affaire de pognon, chaque respiration était une opération comptable. Il exécuta la besogne en se bouchant le nez. La matinée promettait d'être longue.

Tout le monde parle des 3Ds pensa-t-il intérieurement, ces connards n'ont que ça en tête : *3Ds* en fiche, *3Ds* en prêt bancaire, *3Ds* en pommade... Encore un concept fumeux, comme le *Clean Sky project* pour l'aviation, *l'Internet of Things* pour l'industrie, les *Smart cities* pour l'urbanisme, la *Green IT* pour l'informatique, la *Cleantech* pour le développement durable... De la chiotte en boîte, le faux érigé en vrai – Orwell, au secours ! D'ailleurs, à force de répéter ces acronymes, plus personne ne sait ce que ça veut dire, les *3Ds* : *Decarbonisation, Digitalisation...* Et le troisième *D*, c'était quoi ? Pas moyen de s'en souvenir. Division of Labour ? Décadence ? Décomposition ? Décroissance ? *Putain, personne n'en sait rien, je suis sûr que même Éric n'en sait rien.*

Une recherche paresseuse...
Un tunnel de chiffres ;
Des notes, une dépêche,
« Le CAC 40 à l'équilibre »
Je ligne, je copie-colle
Un ordre ? Je t'OPA
Croissance externe, meilleur contrôle
Le marché approuvera.

Après deux heures de recherches en tous sens, Jules élabora un rapport simpliste, à base de phrases « sujet-verbe-complément » et de graphiques colorés – Éric n'était pas du genre à s'embarrasser de longs commentaires. Alors qu'il s'apprêtait à envoyer ses travaux, une mise à jour logicielle, en attente depuis deux jours, s'exécuta automatiquement sur son ordinateur. Il se précipita pour l'annuler à l'aide d'un raccourci clavier, mais n'obtint d'autre résultat qu'un crash informatique insoluble : le technicien mit une heure à arriver.

« Je vais devoir vous changer la centrale, c'est foutu. Vous allez perdre tous les documents en cours. Ça fait un an que le pôle fourniture nous demande plus notre avis sur le choix des bécanes. Ils économisent peut-être sur l'achat en gros, mais on a 20 % d'ordinateurs neufs qui sont tombés en rade en deux mois à peine, toujours dans les mêmes circonstances. C'est la même histoire pour les imprimantes. »

Éric appela pour savoir où Jules en était du document sur les « Three D's » ; à 11 h 30, toute l'équipe était convoquée à une réunion sur « Les conditions de travail au sein du Groupe ». Pour la première fois, l'idée de quitter le stage lui traversa très sérieusement l'esprit.

*

Une atmosphère funèbre planait sur la salle. Les porte-documents et les stylos rouge et noir à l'effigie de la banque, dispersés sur une grande table ovale, faisaient figure d'oiseaux de malheur. Trois chaises restaient inoccupées.

« Nous sommes tous affectés par ce tragique accident... incident, qui survient à un moment de mutation stratégique pour notre organisation. C'est pourquoi je souhaite vous rappeler, tout au long de ces étapes transformationnelles, l'importance de faire remonter vos observations au sein de votre unité. Je signale également que dans le cadre de notre Plan « Odyssey 2022 », de nouveaux lieux d'aisances seront aménagés à votre étage. Il sera également possible de vous reposer dans des lits capsules et des machines à boissons fraîches seront installées dans la salle de pause, pour le bien-être de tous... »

Léopoldine De Chanteraie, la Directrice des Ressources Humaines, endossait sa casquette de référente d'équipe. Figure du Top 100 des leaders économiques français de demain (Le Figaro / Choiseul), Léopoldine avait commencé sa carrière dans les relations institutionnelles d'un grand groupe pétrolier, avant de rejoindre la Corporation Générale à 37 ans. Son ancien poste consistait à *« défendre la réputation de son employeur »* et à *« gérer des crises opérationnelles (grèves, fermeture de raffineries) »*, moyennant 20 000 euros par mois. Son plus grand fait d'arme était d'avoir obtenu un arbitrage du Premier ministre en faveur d'un permis de forage disputé en Nouvelle-Calédonie. Les coraux et les cigales de mer n'avaient qu'à bien se tenir : la promesse de retombées économiques et un savant chantage à l'emploi avaient fait plier les autorités, au grand dam des ONG locales. Le cours en bourse avait pris 7 % et les investisseurs avaient applaudi. Bien sûr, Léopoldine adhérait *en même temps* à l'accord de Paris sur le climat et tenait en haute estime son rôle de gestionnaire "responsabilité sociétale" du groupe. Le visage aussi lisse que ses imprimés A4 en papier glacé, elle avait convoqué une trentaine d'employés et lisait calmement son discours.

« La Direction a décidé d'accélérer le processus d'évaluation de vos conditions de travail. Vous recevrez dans la journée un questionnaire sur votre bien-être à la Corporation Générale. Il est très important que vous y répondiez tous, de façon à ce que nos engagements en faveur de la promotion des talents et de l'épanouissement soient pleinement réalisés. Toutes les réponses seront traitées anonymement. »

S'ensuivit un tour de table très pesant, d'intérêt minimal. Jules n'était pas serein. Il avait hésité la veille à contacter la responsable des stages de Sciences Po pour l'informer de la situation, mais s'était ravisé par pudeur. Il était rentré à 19 heures à la coloc dans un état de mal-être palpable, l'esprit submergé à ras bord des implications du suicide. Léopoldine termina son discours en distribuant une brochure **LA CORPORATION GÉNÉRALE SE SOUCIE DU BIEN-ÊTRE DE SES COLLABORATEURS**. Jules dit « merci » en recevant le prospectus. Il n'y eut aucune question supplémentaire.

Assis à côté de la DRH, Éric était visiblement préoccupé par quelque chose. Il semblait ailleurs. De mèche avec la Léopoldine, il se fendit d'un petit discours solennel, bien écrit et passe-partout. La Corporation Générale avait reçu la Certification ISO 45001 sur la sécurité au travail, qu'il rappelait; ils avaient mis en place le *Flex office*, des environnements de travail innovants, ouverts et collaboratifs, des hubs d'intelligence collective, une mobilité interne fluidifiée, la stratégie *d'Open Innovation*... tout ça, tout ça. Mais leur plus grande fierté restait l'implémentation de la méthode d'apprentissage participative ATAWAD *(Any time, Any Where, Any Device)* : elle était ouverte à tous les employés, quelle que soit leur ancienneté, et permettait une montée en gamme continue des compétences. *Pour tout renseignement complémentaire, contacter le responsable presse Eduardo Malesa au +36 766.* La réunion était terminée.

« Les gens ne savent plus encaisser la pression. » Pascal et deux autres collègues discutaient à voix basse dans le couloir. « Ça n'arrivait pas avant, ce genre de chose. Les gens se livraient plus. » Ils observèrent les stagiaires passer dans un silence de morgue.

*

Dans le RER du soir, les grondements de la rame couvraient les discussions d'une foule hétéroclite. En s'éloignant de la Défense, de jeunes lycéens, des étudiants, des touristes perdus et des anonymes parfaits submergeaient peu à peu les employés en costume. Sur le quai de la station Châtelet, Jules reçut le fameux « Questionnaire d'évaluation des conditions de travail à la Corporation Générale », signé Léopoldine De Chanteraie. Le formulaire déclinait une suite de questions sur « Les qualités relationnelles dans l'environnement professionnel », « L'accessibilité des infrastructures » et « Les perspectives d'épanouissement personnel au sein de l'entreprise ». Les intéressé.e.s devaient attribuer une note de 1 à 5 à chaque rubrique ; un commentaire personnel était possible en toute fin d'enquête. Jules fit son devoir. Au moment de valider ses réponses, il fut pris de doutes : si c'était vraiment anonyme, pourquoi lui avait-on demandé son âge et son poste actuel ? Éric allait-il le suspecter d'avoir attribué la note de 1/5 à ses méthodes de management ? Il se ravisa en mettant quatre étoiles à tous les points évalués et supprima ses commentaires critiques. Même après ça, il ne put s'empêcher de penser qu'un algorithme allait compiler, étudier et conserver ses réponses précédentes, menaçant de le blacklister à jamais de toute forme d'emploi respectable. Il fila droit dans la cuisine pour finir des pâtes oxydées et s'écroula devant son ordinateur.

En fin de soirée, le sommeil ne venait pas, il n'avait pas envie de se masturber, et des détonations de flingues filtraient depuis le salon : Mathieu explosait des nazis zombies sur sa console de jeux. Les raisons de son insomnie, comme souvent, étaient à chercher du côté d'un surplus anxieux. Pris de nausée, il ne pouvait s'empêcher de dérouler les scénarios du pire concernant son stage : malheur de la répétition, tâches ingrates, nouveaux suicides dans l'équipe... Toutes ces pensées, fugaces et dérangeantes, faisaient leur nid dans le carré angoissant de la nuit. Il repensa également à la clé USB Donald Duck d'Éric, récupérée trois jours plus tôt, qui contenait plusieurs dossiers fermés d'accès. Bizarre. À 3 h 43, il se résolut à contacter la psychologue qui l'avait reçu deux ans plus tôt à HEC. Il demanda un rendez-vous en précisant que c'était « URGENT » dans l'objet du message. Au petit matin, malgré une impression de songes, il était certain de ne pas avoir fermé l'œil.

2
Les vieilles pellicules

La salle d'attente du cabinet de psychologie était tout à fait banale. Peinte en blanc, on y trouvait de vieux exemplaires des revues intellectuelles *Le Débat*, *Commentaire*, et une pile de magazines au ton plus léger, *Madame Figaro* et *Cosmopolitan*. Une patiente isolée – du genre réceptionniste de clinique dentaire – faisait face à Jules ; une croûte horrible, trois serpents blancs dans un vase, décorait le mur principal. L'endroit formait un sas étrange, hautement symbolique, où les patients préparaient leur discours en attendant un discret *« Entrez »*. Les idées noires stagnaient avant d'être déversées dans un cagibi austère : sûrement une étape du processus de guérison. La secrétaire d'orthodontie sortit un bouquin, *Le bonheur à portée de main*, qu'elle ouvrit à la première page. Elle se mit également à s'arracher les cheveux à l'aide de sa main droite. À intervalles réguliers, on entendait la cassure nette, presque inaudible mais dérangeante, de ses mèches capillaires enroulées dans ses doigts. Très vite, une dizaine de cheveux blonds gisaient à ses pieds.

Elle est mal partie avec ces conneries de développement personnel, pensa Jules. Il n'avait pas vraiment tort. Objets de cultes en librairie, les ouvrages de bien-être grand public avaient atteint le point d'écœurement. Les couvertures de ces manuels de vie affectionnaient particulièrement l'imaginaire bouddhiste et les associations imbitables : « Les quatre secrets de vie de la Tribu Patamona » ; « La sagesse des araignées » ; « Être heureux comme un chat ». On y plaquait souvent la tête d'un chauve ahuri en robe de moine pour souligner la dimension mystico-exotique de la *recherche de soi* à l'occidentale. À chercher un objet toujours fuyant et modifiable – la réalisation pleine et entière de soi-même –, le sujet contemporain s'interdisait d'aimer le réel ici et maintenant. Et achevait sa frustration dans des services thérapeutiques superflus. Jules était lucide sur ces questions, il était persuadé d'avoir tout compris. Et mieux que tout le monde, d'ailleurs, des électeurs d'Hillary Clinton aux sociologues d'État, qui formaient du reste une seule et même personne. Sa clairvoyance ne le rendait pas plus heureux pour autant, ce qu'il trouvait foncièrement injuste : pourquoi ce plafond de verre mystérieux ? Il fixa la marchande de dentier avec insistance, plein de jugement et de réprobation. Elle semblait gênée. Un psychiatre barbu l'invita à entrer.

*

La psychologue d'HEC n'ayant plus de disponibilités, elle l'avait renvoyé en urgence vers un collègue du centre de Paris, M. Auguste. La première consultation était toujours délicate. Il fallait détailler en quelques minutes, à un parfait inconnu, ses mécaniques de pensée les plus intimes et ses craintes les plus honteuses. Déballer tous les déchets de l'esprit, en somme, pour se rendre compte de leur affligeante banalité : l'objectivation du discours « psy » apaisait le gros des craintes ; le reste de la thérapie consistait à arrondir les angles. M. Auguste vissa ses lunettes et demanda, sans plus de présentations : « comment va la tête ? »

Pour tout dire, Jules eût préféré parler à une femme, ce type ne lui inspirait pas grand-chose. De minuscules pellicules jaillissaient de son bouc dru, éclairé à la lumière du soleil, lorsqu'il se grattait le menton. Il avait un air désabusé, presque antipathique, faussement intello.

« La tête est toujours sur les épaules mais menace de tomber. »

Jules détailla à toute allure le film de sa vie : adolescence « normale », majorité soucieuse, maturité anxieuse, et insista lourdement sur le contexte du stage à la Corporation Générale. Après douze minutes de monologue, M. Auguste acquiesça. *Mhh mhh.* Issu de la vieille école, il jouait le thérapeute neutre : l'idée était de faire revivre au patient des éléments importants de son histoire personnelle pour l'aider à surmonter ses difficultés, issues d'un conflit infantile latent. Jules voulait à tout prix éviter le travers d'une hyper-intellectualisation de ses problèmes. Ce qu'il cherchait, c'étaient des solutions concrètes pour gérer ses difficultés actuelles : obsessions, peurs diffuses, mal-être. Il continua :

« J'accumule depuis plusieurs mois les prises de conscience écrasantes. C'est comme si mon désir de liberté et d'accomplissement se heurtait à un déterminisme – social ? familial ? institutionnel ? biologique ? sûrement tout ça à la fois – infiniment plus grand, plus fort que ma petite personne. Je passe mon temps à lire les biographies Wikipédia de grands personnages, réels ou fictifs, et je voudrais moi aussi faire des choix forts, écouter mes aspirations profondes, tout envoyer balader, partir demain sur un catamaran, dénoncer les idiots que je côtoie ! Mais mes actions *réelles* sont infiniment conventionnelles, ignoblement soumises, atrocement lâches. « Lâche », c'est le mot : parfois je me le répète cent fois d'affilée dans la tête : « Lâche ! Lâche ! Lâche ! » Les élèves, les profs et la bouillie managériale de mon école me font vomir, mais je me tais à longueur de journée. Pour eux, je suis *Jules le bon élève, promis à une brillante carrière corporate*, mais je n'en peux plus d'être stage... "sage", je voulais dire, et pourtant... »

Un sourire se dessina sur le visage du psy, qui le laissa continuer un peu avant de prendre la parole.

« Il y a, dans votre discours, le rejet d'une certaine forme d'autorité que vous jugez indue, inadmissible, et qui contrevient à votre idéalisme. Vous ne vous sentez pas à votre place aujourd'hui dans ce *stage*, mais manquez de confiance en vous pour faire de *vrais* choix. Vous croulez sous le poids de grandes obligations morales et d'une hyper-responsabilisation paralysante, ça se ressent très fortement. Il sera intéressant de sonder un peu plus votre socle de valeurs familiales, votre enfance, vos ambitions. Vous êtes névrosé *comme il faut*, ne vous en faites pas trop. Je suis désolé mais je vous ai pris entre deux patientes et il va falloir nous arrêter là. Préparez votre carte Vitale et voyez avec la secrétaire pour le règlement. Vous êtes disponible vendredi prochain ? »

Après vingt minutes de parlote, Jules n'était pas vraiment apaisé. En avait-il dit assez sur l'impression de vide qui l'habitait, l'ennui profond des derniers temps, l'image du corps pendu ? Ce psy n'était pas un prescripteur docile. En sortant du cabinet, Jules savait le bout du tunnel encore loin, et, quoique fataliste, se prit à rêver d'un grand élan libérateur. Il s'imagina quitter Paris dans la soirée, boire quelque part dans le monde un vieux scotch, l'air pensif et penaud, et se confier au bout de la nuit à une jolie serveuse qui le prendrait dans ses bras pour faire l'amour jusqu'au matin, sur fond de tube disco des années quatre-vingt. Une odeur d'urine particulièrement forte le saisit au nez sur les quais de la station Grands Boulevards.

En rentrant à l'appartement, il trouva Mathieu alangui dans le canapé, un paquet de chips à la main, en train d'écouter France Culture. Un débat sur le « Salaire à vie » ou le « Revenu universel », une saloperie du genre. Jules se fit chauffer une portion de poulet Makhani *Marks & Spencer* au micro-ondes, curieusement réduit au nom de « Butter chicken ». Hagard, il resta deux longues minutes à observer les rayonnements électromagnétiques agiter la chair de la volaille en pot ; l'assiette sous cloche crépitait en éruptions de gras et d'épices. Il avait l'impression, également, qu'un feu intérieur agitait et révélait en lui une matière combustible. Il avait besoin d'agir.

– Alors, ce rendez-vous chez le docteur de l'âme ? demanda Mathieu.

– Rien à en tirer, j'annulerai ma deuxième consultation. Dis-moi, tu t'y connais en informatique ?

– À titre personnel, pas plus que la moyenne. Mais je connais des gens qui touchent vraiment.

– La clé USB d'Éric : je veux savoir ce qu'elle contient.

3

Paris, ville de la prise de la Bastille, des Trois Glorieuses de 1830, de la Révolution de 1848, de la Commune de 1871.

Paris, ville qui brûle.

L'importance historique et les implications du mouvement des Gilets jaunes paraissaient incertaines avant la date du samedi 1er décembre 2018, moment de la prise de l'Arc de Triomphe, des barricades sur les avenues prestigieuses de l'Étoile, des feux éparpillés dans la Capitale. Sur l'île de la Cité, les fonctionnaires de la préfecture de police observent, médusés, leurs écrans de surveillance. Ils n'ont « jamais vu ça » : 15 000 grenades lacrymogènes et 1 100 munitions de lanceurs de balles de défense utilisées dans la journée, des véhicules de police abandonnés à la foule, 378 gardes à vue d'un coup. Le profil des manifestants interpellés en journée surprend les enquêteurs : presque aucun n'est connu des services de renseignement. Ce sont pour la plupart des hommes de province, entre 30 et 40 ans, insérés socialement : les masses populaires l'emportent très clairement sur les groupuscules d'extrême droite ou d'extrême gauche ce jour-là. Pour la première fois de leur carrière, des hauts fonctionnaires français se disent que la République n'est pas immortelle et qu'une foule furieuse peut emporter ses institutions. Pour la première fois depuis plusieurs générations, les beaux quartiers parisiens tremblent. Ils vont se mettre à fuir la Capitale les week-ends de manifestation : + 55 % de réservations à Deauville au premier semestre 2019. Quelques hôtels particuliers font même installer des pièces sécurisées avec nourriture et moyens de communication pour s'abriter du chaos; des rumeurs folles de

« mises à sac » se répandent dans les salons feutrés des 16e et 8e arrondissements. Après un bref épisode de panique, le patronat se tient plus tranquille. Les permanences territoriales du MEDEF ne sont pas saccagées, et de nombreux manifestants sont des artisans, dirigeants de PME, petits patrons : leur critique est d'abord dirigée vers le jeu politique et la question des taxes, pas tant vers l'entreprise. Pour la plupart des observateurs, habitués ces dernières années à décrire la France comme une bonne élève de la stabilité macroéconomique et des *réformes structurelles*, la violence des manifestations agit comme une poussée de réel enfoncée dans l'œil. Le pays ne pointait-il pas, en 2018, à la 31e place de l'indice *Ease of doing business*, une amélioration notable depuis les momies des années Chirac ? Qu'avait-il bien pu se passer dans cette France moderne, start-up nation en devenir et avocate de la mondialisation heureuse ?

Convoqué le 3 décembre à un séminaire « Team building » suivi d'un module « Métiers du Consulting et de la Banque » dans un immeuble des Champs-Élysées, Jules marchait d'un pas nonchalant sur les trottoirs de la plus belle avenue du monde. La vie suivait son cours dans l'air glacé du matin, mais on percevait encore les stigmates des affrontements du week-end : vitrines brisées, trottoirs brûlés, tags vengeurs – **LES SANS-DENTS AURONT VOTRE PEAU !** – Jules détourna le regard. Il avait passé la fin de semaine replié dans le salon avec Mathieu, à écouter le bal des sirènes gronder dans Paris engourdi. Une centaine d'individus masqués s'en étaient pris aux devantures de leur rue en plein après-midi. Mathieu avait contemplé la scène dans un mélange de crainte et de fascination ; Jules s'était senti oppressé. Le Grand Soir, maintenant ? Les séismes historiques le fascinaient dans leur dimension théorique : ces heures où tout s'accélère, ces minutes où tout bascule, les discours magnifiques, les élans sacrificiels, les personnalités flamboyantes, le peuple superbe, l'horizon égalitaire, c'était beau dans les livres ! L'interruption des livraisons Uber Eats un samedi soir, c'était déjà moins supportable. *La France affiche un PIB par habitant de l'ordre de 40 000 dollars courants*, avait-il pensé. *Son Indice de développement humain stagne mais reste « très élevé », autour de 0,890… C'est de surcroît un pays de petits propriétaires avec un âge médian de 40 ans.* Les propriétaires épargnants aiment la stabilité du monde des affaires et l'ordre sécuritaire : l'hypothèse d'une Révolution imminente était écartée. Mais tout de même. Quelque chose clochait.

Ces trois derniers mois, le stage avait gagné par KO. Jules rentrait le soir vidé mentalement et s'abrutissait devant des sessions de streaming de jeu vidéo. L'envie de lire ou de se documenter lui échappait totalement ; le quotidien à l'appartement était centré sur la distraction de l'esprit. Dans un rêve étrange et récurrent, il imaginait Voltelec, le producteur d'électricité danois sur lequel il travaillait, comme un individu réel et agissant, mi-homme, mi-femme, bête informe et manageur. Ce Voltelec prenait part à un moment érotique brumeux, fait de susurrements et de suggestions osées dans les locaux de la Corporation Générale. Ça le réveillait à chaque fois. Il ne se sentait plus tout à fait lui-même, ces dernières semaines.

Il arriva à destination. Le bâtiment loué à l'occasion du séminaire était cossu et parfaitement élégant, comme on pouvait s'y attendre. D'accortes hôtesses lui remirent son badge avec une mention « Public », exactement comme indiqué dans l'e-mail récapitulatif. Un parcours fléché menait intuitivement à une grande salle en U où baignait une odeur d'encens. Il aperçut les stagiaires en train de discuter près de la fenêtre. Pitié, pas eux. Il se précipita au buffet, descendit trois croissants dare-dare en solitaire, avant de vaquer dans la salle, l'âme en peine.

« S'il vous plaît ! Asseyez-vous devant la pancarte à votre nom, classée par ordre alphabétique, la session va commencer ! » annonça une voix masculine depuis les haut-parleurs.

Les gens tâtonnèrent, se croisèrent un peu gauchement, et s'assirent autour de la table. Un silence religieux régnait dans la pièce. Le type vocalisa quelques secondes : l'Évangile pouvait commencer.

*

« DIS-RUP-TIF : c'est le mot du moment. Toutes les entreprises, tous les dirigeants contemporains n'ont qu'un mot en tête : être disruptif ! Une économie disruptive, c'est une économie qui se projette dans un futur intelligent, vert et inclusif. Une entreprise disruptive, c'est une organisation qui, par ses méthodes managériales et sa politique d'innovation, est à l'avant-garde de l'évolution technologique. Être disruptif, c'est créer des *ruptures*, susciter des Révolutions, des changements de paradigme ! Pour y parvenir, la cohésion et l'esprit d'équipe seront des atouts maîtres dans votre unité de travail : ce que nous vous proposons aujourd'hui, ce sont des exercices pour consolider vos capacités d'entente et de réflexions en groupe, pour une meilleure créativité générale. »

L'animateur de la session avait un visage joufflu, recouvert d'une barbe épaisse et de grosses lunettes rondes. Il fit la présentation de sa société d'évènementiel, *WellBEing*, localisée dans le 2e arrondissement. L'enrobage classique. Il avait l'air habité par ce qu'il faisait, il prenait la chose très à cœur, vraiment. Était-il le même en privé ? Une vie branchouille, les courses dans une coopérative bio, un enfant en bas âge, électeur centre droit ? Tous les voyants étaient au vert. Il était tellement propre sur lui qu'on aurait pu dire, à la façon de ces bons pères de famille qu'on découvre un jour assassins, « ça cache quelque chose... » Mais pas lui. Le plus probable était qu'il se comporte au pieu comme au bureau : la mise soignée, le verbe juste, le geste prévisible. Si cet homme venait à être accusé d'un crime plus tard, l'humanité était foutue, pensa Jules. On pourrait définitivement en conclure que l'être humain échappe à toute tentative de réduction.

« Vous êtes une équipe d'individus à haut potentiel sélectionnés pour une périlleuse mission d'observation spatiale. Vous deviez rejoindre une fusée-mère sur la face éclairée de la Lune, mais des problèmes techniques vous obligent à alunir à trois cents kilomètres du point de rendez-vous. Vous allez devoir y aller à pied. Votre équipement a été durement endommagé lors de l'alunissage, et il vous faut faire un choix sur le matériel à emporter : classez ces quinze objets par ordre de première nécessité. Vous avez vingt minutes. »

L'atelier « Construction d'équipe » commençait. Jules faisait équipe avec une bande d'égarés : Jacques, un cadre inexpressif, vieux garçon abonné à Télé 7 jours; Pierre, un geek amateur de cryptomonnaies, la trentaine studieuse et célibataire; Gabrielle, une cinquantenaire tout juste débarquée à l'ère des ordinateurs. Ce furent les minutes les plus longues de sa vie. « Il nous faut un GPS émetteur-récepteur fonctionnant à l'énergie solaire » geignait le geek. Le Jacques parlait d'un ton grave et managérial : « Ce qui compte, c'est l'accomplissement de la mission : rejoindre le vaisseau-mère. » La vieille peau ne comprenait rien à la logique de l'exercice : « Et si on essayait de réparer le vaisseau sur place au lieu de partir à pied ? » – « Non, on ne peut pas faire ça, sinon le jeu n'a plus aucun intérêt ! » rétorqua Jules, visiblement agacé. L'animateur passait par-là. « En voilà une super idée, Gabrielle !

Il faut valoriser ce qui sort des sentiers battus : je vous donne l'autorisation d'essayer de réparer le vaisseau sur place, mais seulement à partir des objets que j'ai cités ! »

Ses trois coéquipiers observèrent Jules dans un silence médisant. Le chronomètre indiquait encore 14 minutes à tirer. Il y avait diverses salades de boulgour et des pains aux céréales prévus pour le déjeuner.

*

Là où la mouche à merde butine de fientes ridicules en crottins faméliques, privés de toute superbe, le Scarabée se repaît des bouses les plus fraîches, encore chaudes des tubules de l'intestin : certaines sont si grosses qu'on peine à les différencier d'une datte égyptienne ! Sans conteste, il est le Maître du monde des déjections...

Jules lisait de tout et n'importe quoi sur son ordinateur ; le module *Consulting mes couilles* de l'après-midi s'éternisait.

« *Last but not least*, notre organisation ne recrute que des diplômés issus d'une école de CATÉGORIE A – silence de quelques secondes – et rassurez-vous, la plupart des grandes écoles parisiennes en font partie ! »

Ce porte-parole d'un célèbre cabinet de Conseil – EWI ? OWI ? ces noms ne voulaient jamais rien dire – cultivait une vague ressemblance avec Steve Jobs, l'avant-crâne plus fourni, les lunettes en moins. Son accent anglais était parfaitement ridicule. *Le parfait fils de pute*, pensa Jules. Le parfait *connard corporate*, mieux.

« *Indeed*, considérez votre diplôme comme un ticket d'entrée nécessaire. Vous aurez encore à construire votre *Personal Branding* et étoffer vos compétences une fois en entreprise, mais votre cursus scolaire est là pour nous prouver que VOUS êtes réactifs, cultivés, travailleurs. Autant de qualités nécessaires à votre futur poste de Junior Analyst ! »

La bouillie managériale le faisait dorénavant vomir, Jules avait littéralement de la nausée ; cette sortie hors du siège réactivait un brasier de colère en lui. À tous les coups, le speaker allait entonner son petit couplet sur le « dépassement de soi » et l'invitation à « sortir de sa zone de confort… » Ha non ? Tout était affaire de « compétences fonctionnelles » dans le monde moderne ? La même.

« Pour ce qui est de l'apparence à présent : ne venez jamais à votre premier entretien avec autre chose qu'un costume bleu marine pour les hommes, et un pantalon à pinces / blazer noir pour les filles. »

Ce type confirmait une impression tenace : la consigne de se démarquer par « l'originalité » de sa candidature, partout encouragée, était en décalage total avec la réalité du monde du travail. Les formations et les écoles se ressemblaient toutes, c'est tout juste si les postulants osaient mentionner leur amour de l'opéra ou leur pratique du bateau à voile pour se différencier. Du reste, l'expérience concrète dévoilait une prison de conformisme : costume et postures sobres, phrasé particulier, formules clé, lettres de motivation au cordeau ; tout s'apprenait sagement dans des « Ateliers de recherche d'emploi ». Les entretiens d'embauche étaient les antichambres des conservatoires de théâtre, des temples de fausseté : on y jouait un rôle intégral, qu'il valait mieux apprécier. C'était souvent le rôle d'une vie par la suite.

« Vous pensez qu'on peut venir en entretien d'embauche en Gilet jaune ? » Jules osa la remarque au moment des questions-réponses. Une cinquantaine de paires d'yeux se tournèrent vers lui.

« Et pourquoi pas avec une clope et une voiture diesel, tant que vous y êtes ? » répondit l'invité. Hilarité générale dans la salle. Jules grommela *« c'est ça, c'est ça »*. Sur un grand écran numérique, bien en vue sur la scène, on lisait :

AUDIT CONSEIL INDUSTRIE SERVICES LUXE
DISTRIBUTION TRANSPORT ENVIRONNEMENT
BANQUE FINANCE ASSURANCE

DES PROFESSIONNELS VOUS PARLENT DE VOTRE AVENIR !

Une belle catégorisation du réel. Heureusement, bientôt la fin du séminaire.

*

« Alors t'es devenu humoriste ? »

Jules n'était pas vraiment d'humeur à plaisanter. Gustave, une de ses connaissances d'HEC également en stage à la Corporation Générale, venait aux nouvelles. Il allait poser des questions sur le travail, les loyers à Paris, commenter l'actualité avec un sourire crétin. Son avenir professionnel, surtout, semblait promis aux plus affolantes destinées... peut-être, laissait-il entendre, peut-être, qu'un CDD l'attendait en fin de stage... un CDD à la Corporation

Générale débouchait dans 73 % des cas sur une proposition d'emploi à long terme, ainsi que sur des promesses d'emprunts bancaires par voie sous-cutanée. Les perspectives d'habiter une résidence à digicode dans la petite couronne devenaient tout à coup déraisonnablement concrètes, à portée de contrat, à hauteur d'homme, même.

« À vrai dire, question humour, j'ai l'impression que nous sommes effectivement les acteurs principaux d'une grande pièce de théâtre. Encore faut-il être du bon côté de la scène pour en rire. La trame de cette Comédie humaine se donne à voir sous nos yeux : une tragédie grecque dépouillée de tout trait épique, un récit balzacien emmêlé dans sa longueur. Un tableau réaliste éteint comme un os. » Jules parlait d'un ton si sérieux qu'il en confondit Gustave.

« Ha, ha » répondit l'intéressé. Suivirent un long silence de dix secondes, et le départ glissant de Gustave, visiblement confus.

Depuis deux mois, Jules avait disparu des radars de sa Promotion. Certains de ses camarades s'étaient inquiétés : une amie rencontrée par hasard dans un supermarché l'avait trouvé « fatigué et angoissé ». Il avait désactivé tous ses réseaux sociaux, réduisant son empreinte numérique à peu de chose : en tapant son nom sur Google, l'algorithme affichait désormais un article de recherche sur *« Les fermiers de métairie au XIIIe siècle en Provence »*. Ça l'amusait, mais l'époque était dure envers les évadés du net. Éric jugeait d'ailleurs « indispensable » de mettre à jour son compte LinkedIn une fois par mois.

Jules se dirigea lentement vers la sortie, où une dizaine de jeunes professionnels fumaient devant un grand panneau d'affichage. Le bâtiment accueillait tous les jours, ou presque, des rites initiatiques comme celui qu'il venait de vivre. Il s'engouffra dans une petite rue adjacente jusqu'à se perdre dans le quartier des ambassades. Un calme suspect et un drôle d'effet bulle lui sautèrent aux yeux.

*

De retour à l'appartement, Mathieu était agité. Les soubresauts révolutionnaires de la France ne le laissaient pas indifférent. Les reportages BFM tournaient en boucle dans l'appartement.

« Les Français sont un peuple impossible, schizophrène expliqua-t-il. Tout oscille entre l'amour de leur porte-avions et leur passé révolutionnaire, l'ordre et la révolte, la littérature et le foot, la grandeur et la déliquescence de tout. » Ça faisait très phrase de roman, pensa Jules : un discours qui sonne juste, esthétique, mais sans correspondance absolue avec la réalité.

« Les déflagrations historiques véritables, celles qui renversent les jeux de pouvoir et projettent des mondes nouveaux, sont des millésimes rares. Il faut, pour leur succès, une colère débordante, un rapport de force favorable, une avant-garde motivée et prête à tout, et toujours un facteur chance imprévisible. La plupart des révoltes dans l'histoire moderne ont échoué par excès de formalisme démocratique : on veut élire des représentants, créer une assemblée, rassurer la Communauté internationale... Foutaises. Saloperie. Impossible de tout changer si on maintient l'ancien cadre : le parlementarisme est le moyen le plus sûr d'enterrer une Révolution. Ce qu'il faut, c'est un noyau dur, forcément minoritaire mais implicitement soutenu par la majorité, qui assure la destruction de l'ancien monde. C'est seulement après qu'on peut réfléchir à la création de nouvelles institutions démocratiques. Tu vois, ces Gilets jaunes me renvoient à l'inutilité de *penser la Révolution*. Elle se fait ou ne se fait pas, c'est tout. »

Sans accrocs, la conscience politique de Jules stagnait entre une sensibilité sociale-démocrate obligée et un centrisme « ni de gauche ni de droite » très à la mode ; il rehaussait le package avec un peu de geste gaullienne et un attachement résiduel à la souveraineté de la France. En somme, il répétait sans conviction ce qu'il avait toujours entendu à l'école, à la maison, dans les journaux, au travail : la démocratie libérale est l'horizon indépassable de l'Humanité ; vive la République, et vive la France ! Alors que Mathieu élaborait plus avant sur la théorie des émeutes, il reçut un coup de fil. Son contact informatique avait réussi à ouvrir la clé USB d'Éric et lui avait transféré ses découvertes sur une plateforme de téléchargement sécurisée. « C'est... perturbant » avait-il dit.

Ce fut un coup de massue. La clé renfermait une trentaine de fichiers volés : Nicolas, l'employé retrouvé pendu, ainsi que des membres de l'équipe *Utility*, avaient été filmés dans leur intimité sans visiblement s'en rendre compte. Nus dans leur lit, en plein ébat sexuel, seul dans leur chambre : les fichiers étaient méticuleusement classés par lieu et date d'enregistrement. Jules reconnut même sur une vidéo les toilettes de son étage à la Corporation Générale. Présence de caméras cachées et de logiciels espions sur les ordinateurs des victimes ? C'était le plus plausible. Un tableau Excel rempli de commentaires personnels précisait un peu plus la pensée malade de leur auteur.

— Tu vas faire quoi ? demanda Mathieu.

— J'en sais rien, putain. Essayer d'en savoir plus, le confronter, et avertir la police ? Cette histoire me dégoûte. Éric est un grand malade.

Jules voyait le sol s'effondrer sous ses pieds. Le stage, Sciences Po, les analyses de marché et l'EPR de Flamanville, tout cela avait-il un sens, une utilité démontrable ? C'est ce soir-là, assez inconsciemment encore, qu'il s'approcha le plus d'une forme de rupture psychique aux conséquences incalculables. Il est des réalisations extrêmes qui, par l'emprunt d'un chemin neuronal entièrement nouveau, peuvent faire basculer un être dans le plus profond des relativismes. Un tel état de choc, s'il va dans le bon sens, a le pouvoir extraordinaire de mener à une régénération entière du caractère d'une personne. Des états de renaissance morale, décrits avec précision dans l'eschatologie chrétienne, ont ainsi été rapportés chez des êtres revenus d'une expérience de mort quasi certaine (accidents corporels, maladies incurables, situations extrêmes). Dans le cas contraire, la sidération peut mener à l'anéantissement de l'individu. Il n'est alors pas rare de voir le sujet accompagner sa mort d'un acte éminemment symbolique, à dimension spectaculaire, pour faire passer un message. *Plus rien à foutre*, pensait Jules, *plus rien à battre*. Qu'ils aillent tous se pendre.

4
TOKYO EXPRESS

Takumi marche lentement sous les néons du quartier Kabukichō, le regard vague, la cravate tombante. Les sept bières commencent à faire de l'effet. Les jours de repos, il a ses rituels bien à lui : un bar à hôtesses, du tripotage en règle, de l'alcool à foison, des machines à sous, des clopes à n'en plus finir... Deux jeunes Américains – enfin, des blancs – se font accoster par un rabatteur de rue. Il a vu le même protocole se répéter des centaines de fois. On va leur promettre du « *good time with nice ladies* », des prix avantageux, de superbes cocktails, un box karaoké, peut-être... ils boiront une Kirin dans un trou à rat pour 30 000 yens sans jamais voir le bout d'un string, avec interdiction de se plaindre sous peine de tabassade. Avec le temps, il est même capable de reconnaître les arnaqueurs, une bande de vauriens qui bougent d'un établissement à l'autre. La police ne fait visiblement pas grand-chose pour les arrêter ; les Yakuzas sont bien implantés par ici. Ils n'ont qu'à pas être aussi cons, ces blancs, aussi. Quand on n'est pas chez soi, il faut être méfiant : l'entreprise de Takumi possède des centres de R&D en Europe et aux États-Unis, mais lui viendrait-il en tête de quitter le Japon ? Jamais de la vie. Le monde de dehors est hostile, inintéressant, et séparé par de grandes fosses marines. Il s'est imaginé quelques fois partir en voyage en Corée ou à Taïwan, pour le kimchi et le bubble tea, mais tout est déjà disponible dans le coin. Alors pourquoi s'emmerder avec la langue ?

Pendant ce temps, le Japon se dépeuple et se transforme en grand cimetière gris. Deux millions d'habitants en moins depuis 2010 ; un quart des hommes et des femmes de moins de 40 ans vierges ; un marché des couches pour adultes plus dynamique que celui des couches pour enfants. Les actions cotées attirent les épargnants, Toshiba et Sony sont toujours à la pointe de l'industrie des semi-conducteurs et le Shinkansen continue de partir à l'heure, mais ce pays sans nouveau-nés a amorcé un lent suicide collectif qui le mènera à la fin du siècle vers sa sortie de l'Histoire, à l'effacement inéluctable et documenté de son rayonnement. Au moins le Japon est-il devenu riche avant d'être vieux et agonisant. Les immigrés d'Asie du Sud-Est, payés une misère et assistés d'exosquelettes, feront tourner la baraque quelques années encore, puis retourneront dans leurs sociétés traversées des mêmes maux que leur voisin du Nord : dénatalité, collecte d'impôt performante, carnets de vaccination à jour pour les chiots de compagnie. L'accession au statut de **NOUVEAU PAYS INDUSTRIALISÉ** mérite bien quelques concessions anthropologiques, non ?

Décidément, la ruine annoncée de son pays et du monde, Takumi s'en fout éperdument. À cet instant – 3 heures du matin – la seule chose qu'il désire, c'est rentrer chez lui. Tant qu'il a de l'électricité et que les centrales nucléaires ne lui explosent pas à la gueule, il est satisfait. Des néons rouges clignotent dans le spectre de la nuit, tout est flou autour de lui, et la faune nocturne est de sortie. Un groupe de dégénérés tabasse un type au sol. L'intérêt d'une telle scène, outre un évident avantage voyeuriste, est qu'elle en apprend plus sur le fond de l'homme que n'importe quelle thérapie de groupe, car c'est sous l'œil torve de la Lune, au moment où se réveillent les cavités troubles du cerveau reptilien, qu'on saisit le mieux les intentions des corps et des âmes. Ce type va sûrement mourir au milieu des supermarchés et des gratte-ciels. Sa fin aurait pu être plus heureuse, mais c'est ainsi. Takumi est fataliste, ça l'aide à surmonter les épreuves de l'existence et à ne pas ruminer le cours des choses. Il se qualifie aisément de « réaliste » et de

« pragmatique », les deux vont de pair.

Takumi titube, longe la bastonnade, et monte dans un taxi noir esprit corbillard. Le chauffeur a des gants blancs. Les pneus ronronnent au toucher de l'asphalte. Dans le taxi, il y a des sièges chauffants et des accoudoirs automatiques, qui montent et descendent à volonté. Ça produit un va-et-vient tendancieux. Faire l'amour à des matériaux synthétiques, il y pense souvent, ça éviterait bien des emmerdes. Il était jeune adulte à la fin des années quatre-vingt. C'étaient les débuts de la robotique, le Japon allait détrôner l'Amérique, et ça couchait encore pas mal à l'université. Il s'en souvient avec nostalgie. Aujourd'hui, tout espoir amoureux est anéanti et des humanoïdes vous accueillent à l'hôtel, sans jamais aller plus loin. Les corps se maquillent et se croisent mais ne se touchent plus. Le plastique recouvre tout. Il a fait le deuil. Un connard d'étranger tient la main d'une Japonaise dans le quartier des boîtes de nuit. *Chipatama* – tête de bite –, pense-t-il. Il enrage.

La course est finie. Sa résidence est propre vue de l'extérieur, mais on imagine mal à quel point la cage d'escalier est exiguë. Même pas la place pour un ascenseur. Takumi n'y avait pas prêté attention au moment de la signature du contrat car il habite au premier étage. C'est plus embêtant pour les vieillards du dessus. Il s'avance tout doucement dans le hall d'entrée. Du bruit au deuxième. Il s'arrête.

Deux personnes susurrent. Takumi s'immobilise pour prêter l'oreille mais ses tempes sont douloureuses et ses tympans bourdonnent.

Ils parlent trop bas pour être de simples amis. Ce sont des amants.

« Ne leur dis jamais, jamais, jamais. C'est un secret entre toi et moi. La police doit croire qu'ils ont passé la soirée ensemble » assène l'homme.

« Je comprends, répond la femme. Mais je me sens tellement coupable. » Elle éclate en sanglots. On dirait qu'ils s'enlacent.

Ça ferait le début d'une belle enquête. Qu'est-ce que ces deux-là foutent à 3 h 36 du matin sur le palier du vieux Matsumoto ? Son fils militaire, peut-être, revenu de mission ? Ils ont tué quelqu'un ? Ils ont l'air embêtés. Les voix déballent dans l'escalier. Takumi appuie ses bruits de pas et les croise devant sa porte, comme si de rien n'était. Avec sa gueule d'alcoolique, ils ne s'inquiéteront pas de sa présence. Il ressemble à un vieux torchon. Juste un *Bonsoir* et au lit.

La porte à serrure électrique s'ouvre automatiquement ; la lumière du salon s'allume dès son passage dans le couloir et un aspirateur autonome le salue. Au regard de l'histoire, il n'est pas anodin que le Japon excelle en robotique. Le pays a, comme d'habitude, un train d'avance, mais ce train est spécial : il couve le futur de l'humanité. Le Japon contemporain mourra sans aucun doute, comme tout organisme vivant est voué à dépérir de reproductions cellulaires imparfaites en reproductions cellulaires imparfaites, mais il se battra avec une vigueur jamais égalée pour façonner le monde d'après. L'histoire aime emprunter de tous les crimes pour propulser des synthèses nouvelles. Une fois morte, Athènes n'a-t-elle pas légué ses mœurs à Rome, elle-même génitrice involontaire de la chrétienté, elle-même matrice psychologique de l'Occident moderne ? Les civilisations grossissent et meurent sans jamais tout perdre de l'ancien cadre. Quand Mao disait vouloir « détruire » la Chine ancienne, il ne faisait que préparer la fusion du matérialisme historique marxiste avec la tradition confucéenne millénaire. Eh bien, le Japon, c'est pareil. Il propose en avant-première un renouveau d'ampleur à ses congénères : mourir, certes, mais en faisant passer l'Homme de créature à *Créateur*, céder aux délires biogénétiques de l'époque, fondre la substance organique dans des microcircuits, et mélanger les torchons avec les serviettes. Enfin pas tout de suite, quand même. Mais c'est l'idée.

Takumi active un réseau privé virtuel sous protocole de chiffrement IKEv2 – on n'est jamais trop prudent –, se connecte sur le *dark web*, et rejoint une session live. Ses vidéos préférées, ce sont celles filmées à l'insu des gens dans les toilettes, de préférence à l'étranger. On n'en voit jamais autant sur l'être humain que quand il chie et baise – en plus des situations périlleuses comme les bagarres de rue. Il redevient alors un petit enfant bercé par l'inconscient. Comme lui, des millions de personnes se connectent quotidiennement dans le monde sur ces messageries cryptées pour voir des images interdites. Takumi a les yeux rouges. À y regarder de plus près, son regard d'automate effraierait presque son ordinateur lui-même. Le monde entier aurait peur de lui. Ce sont les locaux de la Corporation Générale qu'il espionne.

5

L'écran de chargement de l'ordinateur de Jules dessinait de grandes spirales colorées, aux vertus hypnotiques, lénifiantes : 13 e-mails non lus, une vidéoconférence à 10 heures, deux documents en attente de finalisation. Il n'arrivait plus à faire semblant d'y croire. La réponse à ses interrogations était claire : cette situation, cette chaise, ces tableaux Excel, ces e-mails à la con, les gueules amiantées de Guillaume et Julie : tout cela n'avait aucun sens, aucun intérêt. Rien à sauver. Tout au bûcher. À s'écouter, il crierait le plus fort possible « **MAIS CASSEZ-VOUS BORDEL ! OUVREZ LES YEUX !** » Il se contenta plus prosaïquement de touiller son café avec nervosité. Mais un dégoût général, sans concession, qui ne ressemblait à aucune déception du passé, s'emparait insidieusement de lui. Cette matinée lui paraissait déjà longue comme une boucle d'instruction informatique.

Après onze minutes de regard dans le vide face à un site d'analyse financière, il tapa frénétiquement « reconversion professionnelle après une école de commerce » sur Google. Le moteur de recherche californien afficha 1 810 000 résultats en 0,45 seconde : les témoignages d'anciens cadres de la finance devenus ferronniers, ébénistes, chanteurs lyriques ou pâtissiers abondaient sur des forums de second plan. Certains reconvertis avaient la gueule de l'emploi, pantalons sarouel et maquillage oriental bien en vue. Pour d'autres, des BCBG devenus apiculteurs, la mutation était saisissante. *« 14 % des diplômés BAC +5 opèrent un changement d'orientation professionnelle deux ans après leur diplôme »*, expliquait une étude de l'Apec. Qu'allait-il faire de sa vie, lui ? Que voulait-il au fond ? L'absence de réponse à ces questions, passé un certain âge, avait quelque chose d'abyssal, de sidérant. Les implications étaient immenses et trop sérieuses pour y voir un caprice passager : ne rien désirer, c'était la mort des sens, la fin de tout idéal, l'écrasement de l'être coincé par sa propre finitude et le temps qui file. Plus jeune, il voulait devenir vétérinaire ou président de la République, au choix. Aujourd'hui, il mangeait de la viande aux hormones à chaque repas et se contrefoutait de la politique, devenue une ennuyeuse chose technocratique. Et s'il devenait Président de la Confédération française des bouchers-charcutiers et traiteurs ? Toutes les options étaient sur la table à cet instant.

Des pas se firent entendre dans le couloir. Un stagiaire aux dents longues, un caméléon en parfaite harmonie avec son environnement, passait devant son bureau. Jules lui trouvait un petit air d'Éric : la démarche cérémonieuse, l'élégance affectée, l'esprit de sérieux poussé à bloc. Et des yeux de petit vicelard derrière son costume de banquier. Encore un qui devait se faire un bon rail de coke le vendredi soir et se taper une pute de temps à autre. Rien d'anormal. En tous les cas, ces gens qui se donnaient des airs très importants, comme si l'issue du monde dépendait de leur misérable action, il n'arrivait plus à les encadrer. Les gesticulateurs en entreprise sont des escrocs, il le savait : ils marchent beaucoup, crient dans les couloirs, et ne manquent pas une occasion de dévoiler leurs dossiers en cours pour mieux masquer le vide de leur contribution. Il avait plus de sympathie pour les fainéants intelligents et les planqués lucides, qui assumaient très bien de faire le minimum pour toucher un salaire. Il ne moisirait pas toute sa vie dans une grande boîte, il en avait la conviction, désormais. Mais son objectif était clair : en faire le moins possible. Et pour commencer, prendre toutes les pauses-café du monde.

*

La salle de pause avait… noirci, c'était difficile à expliquer. C'est comme si un spectre y faisait des rondes de nuit et ombrait les murs la journée. Les discussions étaient devenues très graves, également, beaucoup moins bon enfant qu'en septembre. Les cernes alourdissaient les visages ; des courants d'air traversaient les corps. Même Pascal Sauterelle accusait un coup de vieux : où était passée sa bonhomie ? Allait-il tenir jusqu'à la retraite ? Quand il a fondé toute sa vie sur son travail, l'honnête esclave craint plus que tout son affranchissement final. Il devient alors juste bon à finir ses jours avec le programme télé dans les mains et du cassoulet en conserve dans les tiroirs. Sa femme, s'il a eu une femme, l'a quitté depuis longtemps. La présence d'enfants est hors de propos.

« Imagine-toi ce que vont penser les touristes étrangers, les patrons qui voulaient investir dans le pays. On est la risée du monde, notre police n'a plus de contrôle. On peut tout casser sans aucune conséquence dans ce pays. Pauvre France… »

Le saccage de la Capitale occupait les esprits. Carole était remontée.

« Les types ont enflammé des banques partout dans la ville, et détruit des boutiques de luxe. Si ça tenait qu'à moi, j'enverrais les militaires pour régler tout ça… »

Pascal n'y allait pas de main morte.

« C'est bien les Français, ça. Les gens se plaignent de tout, invoquent la « misère sociale » à tout bout de champ, alors qu'on est le pays le plus généreux du monde en allocs ! Hier à la télé, ils interviewaient un couple de Gilets jaunes avec quatre enfants, quatre enfants, le couple ! La femme ne travaillait pas et le mari gagnait 2 000 euros par mois, sans compter la CAF. Eh bien ils pleuraient de ne jamais aller au resto tout en habillant les gamins en NIKE ! Moi je leur apprendrais à gérer leur argent avant de venir se plaindre dans la rue... »

Là s'exprimait Virginie, de l'équipe *Diversified Industries.* Une connasse de milléniale au salaire de 8 000 euros par mois, qui lisait le *Figaro* chaque matin. La patience de Jules était mise à rude épreuve.

« Si je peux me permettre, les chiffres bruts ne suffisent pas à expliquer le sentiment de déclassement et de misère des petites classes moyennes. Il faut, pour être exhaustif, prendre en compte *la dynamique de la frustration relative* qui les accable : elles ont l'impression – objective – de progresser moins vite que les autres, voire de régresser, sur l'échelle sociale, que le futur de leurs enfants n'est pas prometteur, que les diplômes ne garantissent plus un avenir doré. Surtout, notre pouvoir d'achat a beau être officiellement très élevé en France aujourd'hui, les biens les plus sophistiqués de l'arène sociale – logement, éducation élitiste, assurance –, ont vu leur prix relatif terriblement augmenter ces dernières années, privant les classes moyennes de leur rêve d'ascension sociale et les renvoyant au rang de petits consommateurs aigris. Et puis, « le pouvoir d'achat », ça ne suffit pas au bien-être : les gens parlent désormais de « pouvoir vivre ». Ils se sentent déconsidérés. C'est de là que naît leur dépit. »

Le genre de présentation qui lui aurait rapporté un 18/20 en exposé Sciences Po chronométré. Encore fallait-il être certain d'en rester au stade du constat et de ne proposer que des solutions insipides pour obtenir une telle note.

Tous les stagiaires le regardaient avec sidération. Carole, Pascal, Virginie firent un pas en arrière. Jules était confiant dans ses propos. Il avait récemment lu plusieurs articles de sociologie sur le « peuple des ronds-points » en train de se soulever, conseillés par Mathieu.

— Oui, oui d'accord, c'est bien joli *la frustration relative*, mais en attendant, ces gens profitent de nos impôts et sont incapables de formuler un débouché politique construit. Ils beuglent sur leurs foutus ronds-points sans aucune utilité, rétorqua Virginie.

— L'immense majorité des manifestants, et c'est une constante historique lors des révoltes de ce type, sont des gens qui travaillent. Ils paient des impôts, directs ou indirects, comme tout le monde, et demandent justement des comptes sur l'utilisation de leur argent.

— S'ils ne sont pas contents, ils ont qu'à voter au lieu d'emmerder les gens dans la rue.

Jules se retira du débat avec un sourire maîtrisé et un petit soufflement de nez, pendant que ses collègues faisaient monter les enchères de mépris. Il notait souvent, à la manière des grandes agences de notation financière internationales, l'utilité sociale d'une personne : de AA+ pour les bons samaritains à D– pour les damnés voués aux enfers. *« Docteur, donneur de leçons et arrogant, mais docteur quand même. Il soigne les gens : ça lui vaudra bien un sursis lors du jugement dernier : BB+ »*, par exemple, au sujet de son médecin traitant de Saint-Jean-de-Luz, un peu con sur les bords. Pour ses collègues, les perspectives étaient plus sombres. Ils héritaient tous de titres insolvables à ce petit jeu.

La voix d'Éric dans le couloir le fit tressaillir. *Éric le pervers, Éric le manipulateur*, pensa-t-il immédiatement. Éric son supérieur hiérarchique, venu comme tous les jours lui demander quelque chose :

« Jules, je viens de t'envoyer le rapport de *Due Diligence* sur Oralcor, l'exploitant d'éoliennes français qui intéresse Voltelec.

Jette un coup d'œil à l'audit fiscal pour voir si le paragraphe 4.3 te semble exhaustif. Ok ? »

Éric avait sorti son costume italien, celui qui en jetait le plus. De fins liserés blancs piquetaient une laine d'un bleu marin profond, insondable, pareil à ces océans qui renferment des cités englouties. Si c'est aux entournures qu'on mesure l'élégance d'une personne – les ourlets, le ceintrage, le maintien de la posture –, Éric était suprêmement *distingué*, il fallait le reconnaître. Les yeux de Jules et sa prostration soudaine trahissaient une gêne profonde.

« Ok, je vais regarder ça. Désolé j'ai eu une absence, se reprit-il. » Il y avait des gens autour, c'est la raison qu'il invoqua intérieurement pour ne pas faire un scandale. Le manque de courage l'accablait également : ses preuves contre Éric étaient bien minces, et ce dernier n'aurait qu'à nier la possession de la clé USB. De surcroît, tout déballage improprement réalisé ruinerait à jamais sa carrière. Les vieux réflexes avaient la vie dure. Éric se servit un café allongé.

Je dois vérifier si je vois une caméra dans les chiottes, pensa Jules. Au moins un extrait de vidéo y conduisait. La visite des toilettes homme ne donna rien de concret ; il s'infiltra dans les toilettes femme sans plus de succès, tombant sur Carole au moment de sortir. Il joua la carte « des lavabos bouchés côté hommes » – *si elle savait, bordel*. C'est après un long tour de l'étage que Jules passa devant le bureau-moquette d'Éric. Il avait regagné son poste et travaillait de manière très appliquée, imperturbable. Qu'est-ce qui se tramait, derrière cet écran noir ? Les fêtes de fin d'année et la Nativité du Christ approchaient : Jules se sentait comme investi d'une grande mission, légèrement irriguée de délire mystique et providentiel. Ça turbinait dans sa tête. Son désir profond, pourtant, s'éclaircissait lentement : il voulait tout quitter et faire tomber la

Corporation Générale. Réduire en bris de verre ses tours et leurs démons rampants. Tout balancer de manière sauvage.

6

Samedi 15 décembre 2018. Acte V des Gilets jaunes.

Le rassemblement avait commencé dans un murmure confus de doléances et de cris ; les troupes étaient moins nombreuses que le samedi précédent, sûrement découragées par les mutilations des camarades. Des yeux, des mains, de beaux espoirs, aussi, sauvagement déchiquetés sur l'asphalte parisien depuis bientôt un mois. Vêtu d'un hoodie bleu foncé, Mathieu observe la foule en formation. Les cohortes libres avancent entre de grands murs policiers et aucune organisation syndicale n'a fait le déplacement ; l'air est glacial, atrocement râpant quand il pénètre la gorge. Mathieu ne peut s'empêcher de chercher dans le ciel une sorte de confirmation divine : l'égalité est en chemin et elle va tout déborder. Au risque de le décevoir, la marche du monde est largement indéchiffrable. Cette manie qu'a l'être humain de prendre très au sérieux les idées qui naissent dans son cerveau, ou pire encore, d'imaginer qu'il est entièrement libre d'y adhérer et de contribuer à leur succès, reste un marqueur débilitant de l'espèce. Personne ne peut tout à fait comprendre ou résoudre un « problème social » : les concepts même de « social » et de « cours de l'histoire » sont confus et insaisissables ; les variables à prendre en compte sont infinies ; il y a de quoi se jeter par la fenêtre au moins trois fois d'affilée. Mais Mathieu a ses raisons. Après un an à se palucher dans sa chambre et à traîner sur Paris-luttes.info, on finit par croire à peu près n'importe quoi. C'est plus rassurant de croire à n'importe quoi que de ne croire en rien. L'acte suicidaire est momentanément reporté.

Il n'empêche, sa présence aujourd'hui est touchante. Mathieu pense à tous ces travailleurs qui souffrent : manutentionnaires, brancardiers, infirmières, plaquistes, femmes de ménage... tous condamnés par la faiblesse des gains de productivité de l'économie française à voir l'horizon dépérir. À la télé, on avait promis 100 euros de plus pour le SMIC et du « débat » sans langue de bois. C'était sûrement une mauvaise nouvelle pour la compétitivité du pays et personne n'y croyait vraiment, aux solutions d'en haut.

10 h 20, déjà 21 interpellations à Paris.

Quelques centaines de manifestants sont encerclés devant le showroom Citroën des Champs-Élysées. Des pavés saccagent une vitrine de magasin de fringues et des barricades prennent feu. Mathieu aurait préféré qu'on s'attaque à une banque, mais elles se sont toutes protégées derrière d'épaisses armatures de fer. Et puis on s'en fout : tout ce qui se trouve sur les Champs est bon à brûler. La destruction des biens matériels, c'est la seule façon de se faire entendre. Les bijouteries saccagées font toujours plus réagir les grandes rédactions parisiennes que les visages mutilés.

« À bas l'oligarchie ! Référendum citoyen maintenant ! »

Ces mots résonnent en lui. Les corps se révoltent enfin contre les humiliations du présent : une volée de colère s'abat sur la plus détestable avenue du Monde.

En face, les CRS sont nombreux. Ils profitent d'une faiblesse dans la ligne de défense pour encercler les manifestants. « Enculés ! » crient des hommes en jaune. Les coups de matraque pleuvent. Mathieu a à peine le temps de balancer un pavé qu'il se fait brutalement menotter au sol. La vie est souvent bête et méchante, à défaut d'être juste. Il va passer sa première nuit en commissariat.

*

L'arrestation de Mathieu n'étonna Jules qu'à moitié. À l'annonce de la nouvelle, bien sûr, il fut pris de court, et ressentit même une pointe dans l'estomac. Mathieu indiqua sobrement au téléphone : « Je suis en garde à vue jusqu'à demain matin au moins. Ne t'inquiète pas et ne dis rien à ma mère. » Après réflexion, cet incident lui parut tout à fait logique. Comment Mathieu avait-il tenu si longtemps dans son refuge avant d'exploser ? Jules commençait à en savoir quelque chose sur le poids des doubles vies et des apparences trop sages. Lui-même avait bu la veille seul dans la cuisine, laissant aux molécules d'éthanol le soin de l'endormir par étourdissement. Son cerveau était une centrale en surchauffe lévitant dans un bain de silence. Toutes ses réflexions menaient à des impasses.

Il se dirigea vers la chambre de Mathieu. C'était la première fois qu'il y pénétrait seul. Allongé continuellement dans son lit à baldaquin, Mathieu ne faisait qu'entrouvrir sa porte pour recevoir ses repas ou répondre à son colocataire ; le reste de la pièce demeurait aux yeux du monde extérieur une étendue d'intrigues. Toute dérangée, l'habitation collait bien à l'image qu'on pouvait se faire d'un repris de justice : des bouquins sur l'histoire révolutionnaire de la France et les origines des révoltes, tirés d'une grande bibliothèque murale, s'amoncelaient sur une table de chevet en bois ; le sol était jonché de sacs McDo et de chaussettes colorées ; il y régnait une odeur d'encens et de nids de poussières. Des lettres sur papier fin, échangées avec une certaine *J*, clairsemaient le bureau.

Mathieu,

Après notre dispute hier soir, j'ai pleuré comme une enfant. Pour être honnête, ce n'était pas directement à cause de toi.

Je t'ai toujours trouvé quelque chose de touchant derrière tes postures d'indifférence et tes cheveux bouclés. Mais après six mois de relation, je préfère qu'on s'arrête là. À vrai dire, quand tu m'as dit « je t'aime » l'autre jour, j'ai répondu « moi aussi » pour me fondre dans l'instant. Il existe des « je t'aime » de circonstance, je crois, et le mien en était un. Le tien semblait beaucoup plus sincère. J'en suis à la fois désolée et attristée.

Désolée parce qu'à tête reposée, après trois jours sans te voir, l'évidence s'est imposée à moi : je ne suis pas plus amoureuse que ça. Je serais cruelle de te faire croire le contraire.

Attristée parce que j'ai l'impression de voir l'amour s'éteindre en moi. Le cadre est là, mais le tableau ne prend plus jamais vie, ou si peu. Je sais bien qu'on ne décide pas de ces choses-là, mais j'envie ta spontanéité. Chéris ta liberté de pensée et cette qualité que tu as de te livrer à cœur ouvert. Nos moments de complicité resteront vrais à jamais.

Prends soin de toi,

J

Paris, le 6 juin 2017

Mathieu n'avait jamais fait allusion à cette relation : une rupture amoureuse à l'origine de sa vie recluse ? Juste à côté, patientaient d'ailleurs ses *Réflexions ouvertes en espace confiné*, écrites à la main. Il y avait de l'idée, de belles formules, et beaucoup de phrases à rallonge, semble-t-il. Mais quand on est héritier d'un appartement de prestige à Paris et qu'une baraque en République dominicaine – avec piscine et visa de résidence permanent – se monnaie 200 000 dollars, pourquoi ne pas tenter l'aventure philosophique, pensa Jules ? De quoi peut-on avoir vraiment peur dans la vie, au fond ?

Jules soupira bruyamment, grommela quelques mots incompréhensibles, et rejoignit un des sofas rouges du salon. Il respira lentement. Son oreille gauche bourdonnait à petit feu et il ne savait plus si ces sifflements internes étaient déjà là « avant ». Il ne savait pas très bien non plus si son *blues* datait des dernières semaines, ou s'il avait toujours été grave de la sorte ; des souvenirs contradictoires lui revenaient en tête. Il était par contre certain de n'avoir jamais bandé aussi mou que ces derniers temps : sa libido avait subi un krach de Bourse dévastateur.

Malheureusement, à force de retourner ces questions dans tous les sens, il n'y voyait plus clair du tout sur sa situation, ses doutes s'épaississaient dans un fatras de craintes et de soumissions, et c'était très désagréable. Les trois mois à tirer pour le stage lui paraissaient interminables et l'idée de reprendre les cours à Sciences Po ne l'enchantait pas le moins du monde. Très brusquement, de manière aussi inattendue qu'un aqueduc millénaire s'écroulant sans crier gare, il se mit à rédiger une tribune sur tout ce qu'il savait d'Éric et des dérives du management à la Corporation Générale. Il voulait raconter son expérience de l'ennui, les vexations au travail, les tâches journalières nuisibles et les actes criminels qu'il suspectait. Un journal en mal de *scoop* ou une maison d'édition putassière sauteraient sur l'occasion pour publier son brûlot : les héros ne valaient plus rien sur le marché de l'évènementiel et seule la délation vendait du papier, en 2018. On en parlerait partout et il deviendrait une victime triomphante, un offensé du système dans son bon droit de colère. Avec un peu de chance, il obtiendrait même un entretien sur une radio nationale et fonderait une « Association d'anciens déçus du monde du travail contemporain » (adhésion gratuite et sans limite d'âge). Pour une fois, c'était assez simple dans sa tête. Dehors, un ciel lourd s'étranglait en abcès de gris et de froid.

*

Mathieu arriva à l'appartement le lendemain midi, visiblement exténué. Convoqué à une audience début janvier pour répondre des chefs d'accusation de « Violences sur les forces de l'ordre », « Dégradation de biens » et « Rébellion », il semblait impassible. Son casier judiciaire vierge et l'encombrement des salles d'audience lui avaient évité une comparution immédiate, mais il risquait la prison ferme. Il dit à peine « Salut », marcha cérémonieusement dans le salon comme s'il s'était préparé à ce moment toute sa vie, et s'enferma dans sa chambre en claquant la porte. Il en ressortit au bout d'une heure avec un masque de haine fondu sur le visage.

« C'est décidé, je quitte ce pays de merde. Aller en taule pour avoir brisé une vitrine ? L'État veut me prendre ma liberté ? Je me battrai ailleurs. L'oppression des institutions et le joug du Capital ne m'auront pas vivant, je te le dis ! Nous allons vivre des temps troubles, c'est ma certitude : je pars rejoindre des terres de lutte intégrale. Toi aussi, tu devrais penser à te ranger du bon côté. La violence punira les traîtres. »

Jules fut le premier surpris du caractère résolu, soudain et menaçant, de son colocataire. Certes, ils naviguaient tous deux en mers idéologiques comparables. Certes, il y avait dans ce monde une infinité de destins à accomplir, mais Jules était tombé sur Éric, Voltelec et Léopoldine De Chanteraie. Certes, l'esprit critique avait du bon. Jamais pourtant il n'avait songé à subir les conséquences de ses engagements par une séance d'exécution publique, et ses convictions restaient friables à l'examen philosophique. L'horizon de la villa en République dominicaine avec Mathieu, cocktail, et sable fin, s'éloignait brusquement.

— Partir ? Tu vas quitter la France ?

— J'y pense depuis longtemps : je vais rejoindre les Unités de Protection du Peuple de la *Fédération démocratique de la Syrie du Nord* – le Rojava. C'est une expérience réelle de démocratie locale et de socialisme libertaire, aujourd'hui, dans ce monde ! Personne n'en parle mais c'est un projet magnifique : égalité des sexes, libertés constitutionnelles élargies, vote populaire ! Il y a des filières en place pour les rejoindre depuis l'Allemagne. Demain je ne serai déjà plus là. Je compte sur ton silence absolu.

Le Rojava. Pour Jules, ce nom évoquait un territoire désertique du Moyen-Orient embourbé dans les guerres par procuration et les réservoirs de pétrole. C'est là-bas que Mathieu, né dans le 16e arrondissement, comptait finir ses jours et accomplir son monde ? Les banlieues paupérisées et les quartiers chics se retrouvaient au moins sur un point. Alors que de jeunes délinquants assouvissaient leurs pulsions meurtrières dans la filière djihadiste, un bourgeois en mal d'idéal partait au même moment les combattre, attiré par l'univers guerrier et les mirages du socialisme utopique. Tout semblait opposer ces individus : leur foi, leur éducation, leurs idéaux, leur connaissance livresque. Ils habitaient pourtant à quinze kilomètres de distance et sondaient les mêmes impasses : ils étaient les miroirs troubles de l'époque, les engeances misérables de la téléréalité et d'une crise de sens intégrale. En bon cimetière industriel, l'Occident n'était plus bon qu'à exporter ses névroses et ses éléments de langage débilitants. Au milieu de tout ça, Jules se sentait pris au piège de la désillusion tiède. Il envia plus que jamais les esprits bercés de certitudes.

Sur les sales affaires de la Corporation Générale, Mathieu se montra affirmatif : « Balance tout ce que tu sais mais ne te fais pas d'illusions sur les suites de cette histoire. Dans une société parfaitement médiatique, un scandale chasse l'autre : tu montres ta bite sur les réseaux, le monde entier s'affole et on parle moins des grèves. Le jour d'après, c'est une histoire de chatte mal rasée ou de homards payés à grands frais par le contribuable qui fera la une. On s'en fout, c'est de la poudre aux yeux, tout finit par passer. La société spectaculaire s'épuise sciemment à son propre jeu : quelques bienheureux se gargarisent de combattre la corruption ou les mauvaises mœurs, sans jamais s'attaquer au système corrupteur *lui-même*. Pendant ce temps, les petites gens continuent de bouffer le JT du soir avec supplément publicité en sauce. Je ne m'en contenterai plus. J'ouvre les paris : d'ici quelques années, tu ne seras rien si une vidéo de toi à poil ne traîne pas sur Twitter. On se fera tous grossir la verge pour briller en ultra-haute définition sur écrans scintillants. Les seins ne pourront plus se contenter d'être refaits : ils seront façonnés dès le fœtus en proportions parfaites. Éric est un visionnaire : ses vidéos seront étudiées et il sera réhabilité dans les livres d'histoire pour ce qu'il a fait. C'est la marche du monde, la conséquence inéluctable du progressisme marchand appliqué à la sphère numérique. »

Mathieu était décidément bien sombre. Il fit volte-face et repartit dans sa chambre. Au bout de trente minutes, on sonna à la porte : il avait commandé un repas d'adieu, le dernier que Jules et lui partageraient ensemble. Bientôt, Mathieu partirait vers l'inconnu d'un désert lointain. Alors mieux valait profiter de cette pizza, des tranches de pepperoni, et évoquer les bons souvenirs des derniers mois. L'attention de son ami et le sourire du livreur en plein dimanche après-midi rappelèrent Jules à une sensation doucereuse, très infantile, semblable au réconfort du nourrisson en pleurs couvé par sa mère. En gardienne infatigable, la ville veillait au confort de ceux qui avaient les moyens de tout lui demander.

« Prends soin de toi », finit-il par dire à son insaisissable colocataire. « C'est à vous tous restés ici que je penserai depuis là-bas », répondit Mathieu.

7
INTO THE WILD

Au bureau. 20,4 ℃ sur le thermostat électronique.

Mathieu avait quitté Paris et Jules savait qu'il passait là son dernier jour dans les locaux de la Corporation Générale. C'était acté. Il finissait l'écriture de son pamphlet d'article tout en préparant ses bagages. La matinée prenait comme d'habitude des airs de campagne rasante et Guillaume, éloigné d'une longueur de table environ, transportait sous tupperware un mélange infâme de choux et de sauce tomate. Le puits fétide exhalait trois mètres à la ronde une odeur de gamelle pour chien, style petit caniche mal lavé. Julie grimaçait à côté. Jules se serait cru dans la cuisine de sa grand-mère maternelle.

À un mètre, le terminal Bloomberg, télégraphe de la finance moderne, affichait un éditorial vitupérant les « privilèges exorbitants » des cheminots français en ces temps de révolte sociale. L'art de la *réforme structurelle* – la seule invention originale de ces barbares d'Anglo-saxons en quinze siècles –, déployait sa méthodologie imparable aux quatre coins du monde : partout, le rationnel devait soumettre le réel à sa logique cynique : politiques monétaires crédibles, privatisations des monopoles historiques, guichet unique pour les aides d'État. Roger Douglas, Ministre néo-zélandais des finances de 1984 à 1987, avait théorisé la chose :

« La vitesse est essentielle, vous n'irez jamais trop vite. Une fois que l'application du programme de réformes commence, ne vous arrêtez plus avant qu'il soit terminé : le feu de vos adversaires perd en précision quand il doit viser une cible qui bouge sans arrêt. »

Les « adversaires », ces ploucs en gilets jaunes, n'étaient pas à leur avantage, ces dernières années. Jules se souvint de l'époque des grèves au lycée. C'était à chaque fois le même cirque : des enseignants en polaire Quechua soulevaient des banderoles sur papier Canson ; un lycéen boutonneux entraînait les cancres dans sa chute ; un vieux moustachu chantait *« Motivés, motivés ! Il faut rester motivés ! »* sur une grosse camionnette CGT. On dansait la carmagnole et une odeur de viande cramée inondait systématiquement les rangs du bord : difficile de résister au sandwich au poulet. Bien transpirant, ce petit monde se séparait vers 15 heures en attendant le JT du soir. À la fin, ils n'obtenaient jamais rien et l'exécutif renouvelait sa volonté d'aller au bout de la réforme. Mathieu et sa Révolution par les armes avaient raison : l'ère des cortèges syndicaux avait fait son temps et resterait un appendice ridicule de l'histoire des mouvements sociaux. La lutte des classes avait du plomb dans l'aile.

Sommeilleux, Jules crayonna de grands arcs-en-ciel sur son agenda. Quelques soleils et des oiseaux également. Voltelec attendait un important dossier de *Due Diligence* mais il s'en torchait le cul. Son niveau de dessin n'avait pas progressé depuis ses 9 ans, c'est tout ce qu'il constatait à ce moment-là. Ses visages étaient difformes et ses croquis en perspective un affront à la science des proportions ; au mieux pouvait-il invoquer une ressemblance avec une œuvre d'art naïf médiocre. Sur son smartphone, on annonçait une journée particulièrement froide et pluvieuse. Un remaniement ministériel était pressenti. On commençait à parler du G7 à Biarritz.

« Jules, je te présente Hans, qui vient aussi d'HEC. Vous travaillerez ensemble sur Voltelec pour les trois prochains mois. » Éric était enfin là. Son nouveau sbire traînait sur pattes toute la docilité du monde, un petit air d'ancien timide en supplément. Il voulait prendre sa revanche sur un passé de bizut, montrer que le travail payait, prouver quelque chose au monde. Et faire bonne impression comme le voulait la règle, ça crevait les yeux. Jules se vexa d'avoir été un Hans en septembre dernier. Les responsables RH faisaient bien leur travail et le stage lui avait beaucoup appris sur la vie.

— Je t'emmerde Éric. Je t'emmerde solennellement.

Jules se retourne vers son écran d'ordinateur. La phrase incriminée a été prononcée avec une telle nonchalance qu'Éric la croit impossible.

— Pardon ?

— Tu as très bien compris. Je t'emmerde. Toi et ton monde.

La nonchalance se répète avec tant de naturel que le doute n'est plus permis. Quelques secondes d'incompréhension, qui pourraient faire échouer l'effet « choc » de l'opération, s'installent.

— Je crois qu'il faut qu'on parle, Jules, suis-moi dans mon bureau s'il te plaît.

Éric parle maintenant avec colère et autorité devant Julie, Guillaume, et Hans, interdits.

— Je finis la désinstallation d'un logiciel.

— Tu veux jouer au plus malin avec moi ?

— Je ne peux raisonnablement pas partir sans désinstaller mes comptes Skype et Messenger. C'est personnel.

— OK j'ai compris. Barre-toi et ne reviens plus ! Tout de suite !

— Je prends note de ton ordre de démission. Je ne serai plus là dans une minute et trente secondes, le temps que l'ordinateur turbine. Tu entendras parler de moi.

Ses quelques affaires étaient prêtes, Éric s'en alla en tapant du pied. Prévoyant, Jules avait déjà demandé au *Desk Informatique* de supprimer ses comptes numériques dans l'après-midi, invoquant une rupture de son contrat de travail pour *« cas de force majeure »*. Il souhaitait toutefois garder son badge en souvenir, au mépris des procédures de sécurité internes, et prit soin de laisser un mot dans le tiroir du bureau : « AU PROCHAIN STAGIAIRE QUI S'ASSIÉRA ICI : FUIS LA DEMEURE DU DIABLE. » C'était un peu grandiloquent, mais il manquait cruellement d'inspiration, ce matin-là. La précipitation était parfois mauvaise conseillère.

Jules se leva calmement, dans un silence qu'aurait envié une sonde spatiale en perdition, et traversa le long couloir du 14e étage. Le dernier exemplaire du magazine *Conseils de notaires* expliquait à qui voulait l'entendre comment *« exercer intelligemment son autorité parentale ». C'est facile*, pensa-t-il : *pas d'enfant comme c'est la règle ici, pas de questions juridiques à la con.* Pascal, ce brave Pascal Sauterelle lui tomba sur le nez. « Tu sors du hammam, ou quoi ? T'as l'air mou comme au Club Med ! – C'est ça Pascal, je suis mou comme une chiffe. Bonne retraite. » L'ascenseur grimaça un peu à la descente ; la porte s'ouvrit sur le grand hall d'entrée illuminé de mille feux. La Corporation Générale célébrait l'arrivée des fêtes de Noël avec une dévotion tout entrepreneuriale, sapins et guirlandes numériques bien en vue, posters et slogans en ordre d'attaque. Les hommes en noir du sas d'entrée étaient coiffés d'un bonnet rouge pétard ; le rendu esthétique piochait autant dans l'univers carcéral que dans la mauvaise blague Carambar. Un relâchement total s'opérait dans la tête de Jules. Il s'élança sur le parvis de la Défense avec lyrisme et envie.

Dans une dynamique de sensations parfaitement nouvelle, il se sentit léger et volontaire, libre et disponible, aérien comme ces avions de papier qu'il fabriquait, gamin, dans la cour de récréation, et qui finissaient toujours dans les gouttières – gouttières qu'on finissait par atteindre avec un escabeau et l'avion repartait, plus loin, plus haut, plus coloré, défiant le regard agacé des surveillants, qui n'avaient rien d'autre à faire que d'interdire à des gamins de faire des avions de papier – sauf Renée et Michelle, deux bouts de femmes adorables, proches de la retraite, qui lui avaient toujours donné de l'amour et grondé avec bienveillance – après leur départ, à Renée et Michelle, il fallait un diplôme pour garder les enfants, et on avait mis dans la cour de vieux boucs qui respectaient à la lettre les consignes du rectorat, et interdirent les avions de papier – l'école acheta des trottinettes à la place. Eh bien ce jour-là, c'était comme dans la cour de récré : il sentait son âme d'enfant jaillir des profondeurs de la vie et lui ordonner de retrouver un peu de légèreté. C'était finalement assez simple et ni les pions ni les managers n'aimaient trop ça, les esprits libres. Mais il les emmerdait.

Le doigt d'honneur levé en direction du siège de la Corporation Générale – deux hommes en costume exprimèrent leur étonnement du regard –, il exécuta de drôles d'arabesques avec ses bras tout en tournant sur lui-même. Son pantalon se déchira au niveau de l'aine droite, précipitant de grands mouvements de jambe, plus amples, plus forts, plus désireux que les pas millimétrés sur l'escalator du matin. Il s'auto-observa quelques secondes et perçut avec acuité qu'il était dans un état second, mais sincère.

« Je vous quitte enfin », dit-il calmement aux murailles de verre de l'esplanade hantée.

Panneau 3 :
Échappées belles

1
Sur les chemins de Damas

Lorsque tu ne sais pas où tu vas, regarde d'où tu viens. Cette phrase de carte postale surgissait dans l'esprit de Jules sans qu'il n'y pût rien. Mais il y avait du vrai, dedans : ses pas l'avaient mené d'instinct vers le Gers de ses origines familiales, un département sinistré en tous points – démographie chancelante, économie ravagée, gibier maigre – mais parsemé de vallons apaisants et de vieilles fermes à retaper, très appréciées des Anglais en manque de vitamine D. Surtout, on ne risquait pas de tomber sur un dossier de fusion-acquisition au coin de la rue et le melon y était savoureux. C'est chez un oncle lointain qu'il trouva refuge : « Ne dis pas à mes parents que je suis là, Philippe. » Déjà, le tonnerre de l'administration avait grondé : un e-mail incendiaire de Sciences Po critiquait sévèrement son renvoi de la Corporation Générale et menaçait de l'exclure de son *« cursus d'excellence »*. La réunion familiale de Noël commençait dans cinq jours ; la découverte de ses exploits d'inconscience n'était qu'une question de temps. Aucun journal n'avait donné suite à sa lettre vengeresse. Ne restait plus qu'à attendre et espérer.

L'existence de son oncle Philippe, dans un petit village non loin d'Auch, obéissait à des préceptes simples. La récolte des œufs et des légumes démarrait la journée ; il restaurait la ferme ou faisait du VTT dans l'après-midi ; sa retraite de 1 400 euros payait les pleins de diesel. Paris n'était qu'à sept cents kilomètres, mais l'écart qui séparait ces deux espaces de vie comparait aisément avec la découverte par les explorateurs européens de peuples isolés d'Amazonie. *Ils comprennent rien à la France, les technos d'en haut.*

Les Parisiens, aussi livides que les Anglais, craignaient le labour et ses rejets infâmes, les campagnes et leurs malheurs silencieux, ces étendues embarrassantes où les destins de la terre et des hommes se mêlent depuis toujours dans un combat de bêtes et de foins. Vues de leurs petits yeux fatigués d'élites citadines, elles étaient vilaines, ces plaines et ces paguères, ces chaumières et ces terrasses sèches, ces haies de misère, insupportables résidus de la matrice géologique et des conquêtes républicaines. Ces campagnes formaient pourtant la dernière digue chancelante face à l'atomisation complète du monde.

Jules souhaitait se rendre utile. Philippe lui demanda de laver les vitres. C'est une activité laborieuse et hautement technique, le lavage de vitres. La main doit suivre un tracé en forme d'analème très harmonieux, et récupérer les petites gouttes d'eau et de savon avant qu'elles ne tombent au sol. Jules repensa à ces manutentionnaires qui lavaient les vitres de la Corporation Générale le vendredi de chaque fin de mois, vers 17 heures, au moment où les bureaux plongeaient dans l'ivresse du week-end. La gymnastique sur tableau Excel était au fond très similaire aux prouesses des artistes de la raclette à vitre : le cerveau faisait des boucles à l'infini de calculs et d'analyses bidon, en évitant que le rebut ne s'échappe n'importe où, et c'était fini. Il était interdit de remettre en question la finalité de ces analyses, de même que le préposé aux vitres ne demandait jamais pourquoi il fallait les laver une fois par mois, ces putains de vitres. Quelle idiotie qu'en dépit d'une telle communauté de destins, employés de bureau et manutentionnaires s'ignorent dans un silence coupable.

Ces minutes de haute intensité technique l'apaisèrent. L'exercice physique renvoyait l'esprit à sa nature véritable : une centrale de connexions neuronales instables et secondaires. Là, au soleil tendre d'un hiver généreux, entouré de vallons, le corps retrouvait sa primauté. La respiration aérait la conscience. L'accomplissement de sa tâche et la vue de la vitre transparente lui procurèrent plus de plaisir que trois mois de dossier Voltelec-Oralcor. Son intuition profonde était d'ailleurs que Voltelec faisait fausse route en rachetant Oralcor : l'entreprise française, sauvée trois fois du bilan, courait vers une faillite certaine; les fondamentaux du *deal* étaient foireux; les Danois couraient à la catastrophe. C'était rare qu'on leur mette à l'envers, aux Danois. Ils avaient compris depuis longtemps qu'à part l'armement et les sacs Hermès, le *site France* n'offrait aucune perspective industrielle décente. Les friches rongeaient le territoire comme la variole recouvre de pustules un corps sain, les manufactures colbertistes avaient été bradées depuis longtemps, et l'échec du Minitel ne prêtait à aucune contestation. Dans les grandes organisations internationales, il était notoire que les Danois, grands et blonds, se foutaient de la gueule des Français, petits et moches. Les Danois envoyaient des émissaires à Paris et soulignaient régulièrement « la vigueur de la relation bilatérale », mais n'en pensaient pas moins en privé : *des ploucs, les Français.* Jules aperçut le reflet de son visage dans la vitre : ses joues étaient enflées. Il avait pris quatre kilos depuis son arrivée à Paris et le sport lui manquait.

« Après-demain, je partirai sur le chemin de Saint-Jacques. »

*

« L'argent et l'appartenance sociale expliquent absolument tout de nos vicissitudes; le pognon est l'intendant universel de l'existence. Il aplatit la courbe des temps et embellit les corps. Le champ des possibles et les sourires commerçants se déroulent avec lui. La gentillesse, même cette innocente gentillesse, devient plus facile quand on a déjà tout ce qu'on désire. Bien sûr, le fric possède ses propres névroses : rapports insincères, aliénation matérielle, œillères sur le monde… Les pauvres, au moins, sourient au naturel, de cette joie naïve et spontanée qui naît des petits riens. Les bourges ne rigolent qu'aux blagues de salon. C'est simple : un ancien pauvre devenu riche survit à l'opération, malgré quelques séquelles (il devient juste un peu plus con). Mais pour un ancien riche plongé dans la misère, le trajet est insupportable. Il n'est pas préparé à 1 % du combat de la vie, à la rudesse des rapports humains bruts de capital. Il ne devient bon qu'au suicide, et même au suicide *avec douleur* – les sédatifs lui sont tout à coup inaccessibles. Il mourra comme un va-nu-pieds, le visage souillé et les boyaux tordus de douleur par la javel Eco+. L'argent est tout, jusque dans la mort. C'est lui encore qui me permet d'être là aujourd'hui après un an d'errances. C'est lui qui me permet de partir sur un champ de bataille. De partir le combattre, finalement… Quel étrange paradoxe. »

Dans son charter à destination d'Istanbul, Mathieu a les yeux écarquillés. Il a quitté sa chambre pour un horizon incertain, et sait que les nuages du dehors couvent de grandes tragédies, à trois heures de vol à peine de Paris. Son voisin regarde un film d'action américain sur le minuscule écran de bord. Une de ces licences tordues avec des robots invincibles et des planètes en feu. Son exfiltration a été étonnamment facile : un train pour Munich, une prise de contact sur place, un départ organisé pour la Turquie et le Rojava le surlendemain. Les forums sur les Brigades de Protection du Peuple disaient donc vrai : « Aussi facile de venir dans le Rojava que de se rendre aux Maldives. »

Ce sont pas des rigolos, ses co-légionnaires. Un Français et un Belge. Un ancien militaire et un anar vénère. De gros fumeurs. On leur a demandé de faire équipe jusqu'au Rojava en passant outre « leurs éventuelles différences idéologiques ». Le soutien aux camarades compte plus que leurs petites personnes. Ils ne viennent pas pour la gloire. Ils ne viennent pas pour l'argent. Ils ne viennent pas pour les flingues. Ils viennent pour la Révolution immortelle et l'écrasement de ses ennemis : le capitalisme paléo-conservateur et les intérêts petits-bourgeois. Reste à voir sur place s'ils seront bons pour le combat ou destinés aux tâches logistiques. Tout dépendra du CV et de la motivation. Six mois d'engagement minimum.

L'aéroport international Atatürk sent le faux neuf. Pas besoin de visa pour les Français ; un certain Siyah les récupère après les contrôles douaniers avec une grande pancarte à leurs noms. *Les Maldives*, pense Mathieu. Ils roulent vers les confins d'Istanbul, dans un dédale de tours et de ruelles dont personne, sauf un local, ne sortirait vivant. Ça parle peu dans la voiture. À partir de demain, trois jours de voyage pour rejoindre le Rojava. Ils embarqueront dans un convoi de vivres.

« Glorieuse Byzance, immortelle Constantinople, terre des destins de l'humanité : donne-moi la force de me trouver dans ce périple. »

*

Takumi n'est pas serein. Il a beau prendre toutes les précautions du monde, le royaume de l'informatique demeure un far-west sauvage. Son ordinateur est plus lent que d'ordinaire : il suspecte un virus. Peut-être un coup des services de police ? Il effleure brièvement l'idée d'aller se planquer dans un ordre shintoïste le temps que les choses se calment. C'est bien évidemment impossible : qui voudrait de lui avec sa trogne ravagée et ses dettes insolvables ? Ces derniers mois, plusieurs de ses « connaissances » se sont fait coincer par les flics pour détention d'images pornographiques obtenues sans le consentement des intéressés. Il ne comprend pas bien que ce soit un crime : l'internet en libre accès n'est-il pas truffé de vidéos volées, sur lesquelles ces mêmes flics s'astiquent le soir venu ? Pourquoi ça serait à lui de trinquer ? Le monde est plein de paradoxes, pense Takumi, plein d'hypocrisies.

Le filon des vidéos volées à la Corporation Générale reste en tout cas un plaisir pour les yeux. Ces derniers jours, Takumi a passé plusieurs heures à observer une jeune femme dans son bureau. Il attendait le moment où elle allait se toucher ou se foutre à poil – il sait de source sûre que les Françaises sont « libertines » – mais rien de tel ne s'est produit. Elle a diligemment travaillé tout l'après-midi et s'en est allée à 18 heures. Le bureau est resté vide dans la soirée et ça a continué ainsi le lendemain. *Pas grave*, pense Takumi : l'essentiel reste d'observer sans être repéré. Pénétrer l'innocence d'un corps qui se croit seul et en sécurité. Violer du regard.

Le type qui a placé les caméras sait y faire, c'est du travail de pro, admet encore Takumi. Éric est à la manœuvre : il place et enlève régulièrement des caméras cachées dans le bureau de ses collègues et pirate des ordinateurs particuliers à distance. Il partage ensuite les meilleurs moments sur des sites dédiés ou fait du chantage en ligne, dans le plus parfait anonymat. C'est lui qui a rendu dépressive Alexa, son ancienne stagiaire, et qui a précipité le suicide de Nicolas, un concurrent professionnel, avec des vidéos compromettantes. La perte de sa clé USB courant septembre l'a fortement préoccupé. À tête reposée, cependant, il s'est persuadé qu'aucun lien ne pourrait être établi avec sa personne et tout était chiffré. Depuis, il prend des précautions supplémentaires. Jamais il n'a cru Jules capable d'avoir volé l'appareil : les stagiaires HEC - Sciences Po sont trop disciplinés pour cela. Ses malversations sont un mélange de perversion et d'arrivisme : il est prêt à tout pour monter en grade et se délecte de mettre les gens à nu. Éric et Takumi s'ignorent totalement, mais leur connexion numérique et criminelle n'a rien d'étonnant. La Corporation Générale possède des actions dans douze sociétés du Nikkei 225, et l'entreprise de Takumi a déjà fait appel à la banque française pour une OPA en France. Ces deux manageurs aux salaires indexés sur l'inflation boivent du vin rouge seuls à la maison. Leur passe-temps morbide, très chronophage, achève de les réunir. Ils se sentent « programmés » pour jouer à ce jeu dangereux, c'est dans leurs gènes, surtout avec la pression qu'ils reçoivent au boulot. Plus on régule d'un côté, plus on lâche la bride de l'autre, non? Tout est affaire d'équilibre. Ils ne sont pas pires que les autres, et surtout pas que les donneurs de leçons des grands journaux new-yorkais : on peut voir leur historique de navigation et leur agenda personnel, à eux aussi? L'homme est aussi lézard et philosophe qu'au premier jour de sa venue sur terre. Le peu d'éthique qui l'habite n'a rien à voir avec un prétendu « progrès de la raison » : la morale est affaire de nécessités matérielles largement contingentes, dictées par un Univers glaçant de neutralité, sur lesquelles le genre Homo n'a aucune prise. Aucune balance objective ne permet d'affirmer que l'humanité a avancé d'un iota vers le « meilleur » depuis le Paléolithique; la vie résulte de processus aveugles qui méconnaissent le bonheur des individus. Les beaux principes grossissent, meurent et se transforment aussi vite qu'une bulle immobilière dans un pays d'Europe de l'Est « en transition économique ».

On sonne à la porte. Takumi tressaille avant de regarder dans le judas, tout lentement. Ouf, c'est pour un colis. Le livreur s'est tapé l'escalier. Le paquet est lourd : c'est une poupée gonflable de premier choix, avec orifices nervurés et finitions au silicone. Takumi a fait les calculs : ses sorties au bordel commencent à lui coûter cher. Maintenant, il va essayer de tout faire *maison.* C'est tout aussi bien, finalement.

Il déballe l'objet en grande hâte. Déception immédiate : c'est un modèle blond alors qu'il avait commandé une brune. Il met un coup de pied dans le colis. C'est pas difficile, putain, d'emballer une brune au lieu d'une blonde. Il fait une réclamation en ligne. La société répond en dix minutes, lui promettant de renvoyer une nouvelle poupée dans les trois jours sans frais supplémentaires, avec du lubrifiant en cadeau. Il peut garder la blonde *« par mesure d'hygiène »*. Il se fait un thé et s'assoit sur un coussin rond en paille de riz. Takumi est très pieux et fait en sorte d'être un fils respectable. Il honore une fois par mois les défunts de la famille, pourvoit aux besoins financiers de sa mère, et prend grand soin de sa grand-mère paternelle, 101 ans le mois prochain. Aujourd'hui c'est jour de visite. Il lui a acheté un magnifique *daruma*, une figure de papier mâché qui apporte chance et bonheur, et compte lui apporter dans la journée. Elle habite dans le bourg d'Hakone, près du lac Ashi et des sources chaudes. Il apprécie passer du temps là-bas. Une heure de bagnole à peine et tout est calme, reposant, simple.

« Marcher jusqu'aux thermes me fera le plus grand bien. Mes rhumatismes reviennent avec la pluie. »

2
L'ENFER, C'EST LES ORMES

Observant le panorama depuis une bastide à l'abandon, Jules était pris de mélancolie. Le maïs basque avait depuis longtemps cédé sa place aux champs roussis du Gers continental, et le ciel était triste comme un dimanche. L'hiver régnait, architecte indocile des saisons, mais on percevait dans cette nature aux arrêts l'héritage discret d'un soleil rayonnant. Cette contemplation immobile le rappela à d'angoissantes réminiscences de son enfance, seul l'été à la campagne. Ses souvenirs étaient diffus, ouateux, de ceux qui jaillissent du cortex primitif et vous enveloppent d'un voile noir sans que vous puissiez leur résister. Il se revoyait môme, courant sur la ligne de crête d'une colline jaune de blés. La chaleur était écrasante, le chant des grillons strident. Il courait sans danger apparent mais son cœur battait fort. Étouffé par la vision de l'horizon bouché, son regard cherchait une ligne de fuite, la silhouette d'un clocher au loin. Il escaladait un arbre, observait attentivement la ligne où le ciel et la terre semblent se rejoindre, mais partout, son regard se heurtait à de gros nuages blancs, interdisant toute évasion. Il pleurait de panique sur une branche épaisse.

Le village de Terraube, première étape de sa marche spontanée, était vide. Un vent léger s'engouffrait dans ses vieilles pousterles, gratifiant le bourg d'un décorum de cimetière première classe. Vestige féodal d'un passé guerrier ou attraction décrépie du patrimoine local – à chacun sa lunette –, le château fort tenait bon. Ses moellons de calcaire étaient sains et les vestiges solidement ancrés. L'église, bien entendu, accordait aux voyageurs sa bénédiction : Jules s'y arrêta quelques minutes pour méditer. Athée de formation, il devenait de plus en plus mystique, déiste voltairien sur les bords. Le sacré l'impressionnait. Ces pierres blanches, ces sculptures, cet orgue et ce retable magnifiques, pourtant, ne valaient plus rien aujourd'hui – *comment la mairie avait-elle les moyens d'entretenir les pelouses ?* Les bus de touristes ne venaient pas jusqu'à Terraube. Un data center de la Corporation Générale, vulgaire amas de tôles et de chaufferies câblées, valait un milliard de châteaux de Terraube au prix de marché. Ces terrassements de bitume modernes n'avaient, au demeurant, aucune race, aucun cachet : rien de plus pataud, énergivore et méprisable, que les infrastructures du *cloud.* Le château et ses gargouilles, eux, s'élançaient vers le ciel depuis mille ans. Ils méritaient notre respect. Mais qu'avaient-ils à répondre aux algorithmes et à Twitter ? Le langage informatique avait prouvé son absolue supériorité sur les écritures sacrées et la morale divine : c'était la seule conclusion qu'il tirait de cette visite. Il faudrait en notifier les visiteurs dès l'entrée. Une dame âgée, coiffée d'une charlotte, entra dans l'église au moment où il en sortait. *Que le Seigneur veille sur ses enfants,* pensa Jules.

Sur les chemins de campagne, entre deux esquives d'attaques de chiens, on voyait quelques gilets jaunes plantés en épouvantail. Elles étaient là, ces fosses plébéiennes, réservoirs patients des rancœurs du pays. Jules suivait les tracés en pointillé sur sa carte IGN 1/25 000 : il marchait à l'intuition. C'est au soleil tombant, près d'une mare stagnante, qu'il rencontra un canard, un colvert moribond, gardien proclamé des eaux domaniales. Il s'adressa à la bête comme à un ami, prêtant l'oreille aux rumeurs de la faune. Le volatile s'envola dans un caquètement d'indifférence vers le bois voisin. Trois hommes barbus et une femme, style sorciers des bois, apparurent dans l'obscurité. Ils firent de grands signes à Jules.

*

Les quatre allumés le prenaient pour un certain Jean-Pierre. Jean-Pierre devait arriver hier ; Jean-Pierre n'était toujours pas là ; Jean-Pierre ne donnait pas de nouvelles ; ils étaient inquiets. Derrière eux, Jules remarqua la présence de vieux camping-cars et d'un silo à grains. Il était suspicieux car cette rencontre semblait improbable. La promenade vers la ferme aéra les esprits :

« Nous sommes un groupe de résistants ayant élu domicile ici, descendants spirituels d'Orwell et de tout ce que la tradition européenne compte d'authentiques conservateurs : de Maistre, Ballanche, Burke... que du sérieux. Les membres de notre communauté ont tous des chemins de vie différents, mais un même constat en tête : la tambouille politique contemporaine veut notre mal, et on s'en passera bien ! Marché ici ! Contrat là-bas ! Paie tes impôts ! Dis pas ça ! Assez contre intuitivement, toute révolution réelle passe aujourd'hui par un moment réactionnaire et un retour à l'autonomie intégrale : nous ne demandons pas les « droits de l'homme », foutaises néo-bourgeoises, mais la réappropriation pleine et entière de nos conditions d'existence. Nous sommes un peu des conservateurs-anarchistes, pour résumer. »

Jules avait connu mieux question présentation. Habitué aux tirades de Mathieu, le laïus de Gandalf-le-fou ne l'étonnait pas vraiment. L'époque était malade. Il ne savait plus s'il avait rencontré quelqu'un de sain psychiquement en l'espace de trois mois : les collègues robotiques, le chef pervers, le coloc guérillero, les illuminés politiques... Restait sa mère, qu'il contactait deux fois par mois au téléphone, et avec qui il pouvait parler santé et découvertes culinaires. Ingrid, la cinglée qui accompagnait ce grand gaillard, en avait gros sur le cœur :

« La fin de la parenthèse libertaire en France et, partant, du monde occidental, remonte très exactement au *9 novembre 1974*. Ce moment clé de l'histoire du pays, au même titre que la guerre des Gaules ou la charge de Murat à Eylau, signale l'apparition des premières limitations de vitesse sur les routes périurbaines : 130 km/h sur les autoroutes, 90 km/h sur les nationales, et 110 km/h sur ces horribles voies à chaussées séparées – leur terre-plein central n'a jamais été réussi, mais passons. À l'époque, la mesure était censée être provisoire et visait à lutter contre la hausse du prix du pétrole. Un enfumage en règle. La suite est cousue de fil blanc : seuils d'alcoolémie, péages routiers, contrôles techniques, parcmètres sur les places de marché, règne de la capote... Tout s'explique à l'aune de cet unique évènement, ce coup de crosse fondateur contre les automobilistes. Pas étonnant que les gens se focalisent sur le prix de l'essence aujourd'hui. Rajoute à ça le péril du manque de ressources et le vide identitaire qui nous guette : il n'y a plus aucun espoir pour le monde libre, sauf la constitution de communautés autonomes et résilientes en tous points : énergie, ressources, alimentation, santé, culture... C'est ce que nous essayons de créer ici, à notre petite échelle, dans une ferme collective. Nous faisons du très bon fenouil. Qu'est-ce qui t'amène dans le Gers, si tu n'es pas Jean-Pierre ? »

Un gros orage apparaissait au loin et Lectoure, première étape officielle de son chemin de Saint-Jacques, était encore loin. Jules comprit qu'il allait passer la nuit ici.

— Je comprends vos intentions et je les respecte. Je ne suis qu'un pèlerin, venu chercher l'apaisement sur les chemins noirs. Acceptez-vous que je plante ma tente près du feu, là-bas ?

— Rejoins-nous librement, et reste aussi longtemps que le cœur t'en dit.

*

Vingt-deux personnes habitaient le hameau libertaire « Lomagne Frondeuse ». Gandalf, héritier des terres, avait d'abord invité sa femme et des amis proches à le rejoindre. L'installation des bicoques et la mise en valeur des terres avaient pris six mois ; depuis, la communauté recrutait de nouveaux membres, dans une limite de trente habitants.

« C'est le chiffre idéal au vu de la superficie. Un peu moins et nous risquons le dépérissement ; un peu plus et ce sera la mutinerie. Tout est pensé, réfléchi, nous ne vivons pas d'amour et d'eau fraîche. Les déséquilibrés sont écartés. » Le flux des candidats se tarissait avec l'hiver. « Jean-Pierre, que nous avions rencontré via notre page Facebook, est un ancien ingénieur du CEA. Il devait nous apporter un savoir précieux en permaculture. Son désistement nous inquiète. Les gens ont peur de franchir le pas. »

Des règles strictes encadraient la vie du hameau : interdiction de sortir de l'argent liquide ou d'utiliser un appareil électronique sur le territoire de la ferme ; obligation de tuer soi-même le bétail qu'on souhaitait cuisiner ; alternance stricte des rôles de cultivateur, éleveur, et constructeur entre les différents membres. Il était conseillé d'arriver en couple car les batifoles amoureuses étaient vues avec suspicion. « On peut faire des exceptions si l'amour naît sur place, continua Gandalf. Je suis par exemple en association libre avec Jenna et Aurélie, que tu vois là-bas, en plus de ma femme Sandrine, mais nous prônons la stabilité des noyaux familiaux. Le projet de fonder une famille doit recevoir l'aval du groupe. Question de gestion des ressources. »

Malgré une nette impression de folie partagée, Jules reconnut dans cet espace hors du temps les racines réconfortantes d'une vie familiale originelle. Il établit même un parallèle lointain avec la salle de pause de la Corporation Générale, cravates en moins et bêches en plus. Gandalf se mit à jouer de la guitare devant un grand feu, ses compagnons dansaient tout autour. En se laissant hypnotiser par les flammes vives du foyer, Jules eut la très nette impression de se reconnecter avec son moi préhistorique, membre unique d'une tribu nucléaire archaïque. La fatigue de son excursion s'abattit sur lui en fin de soirée ; il s'endormit du sommeil profond des journées bien remplies. À quand la chasse ?

*

Réveillé au chant du coq à 7 heures du matin, Jules avait les yeux gros de fatigue. Il venait de faire un mauvais rêve, persuadé qu'Éric l'attendait au tournant pour un briefing sur le coût moyen pondéré du photovoltaïque saoudien pour les dix prochaines années. Ouf. C'était comme si son départ de la Corporation Générale remontait à une éternité. Quatre ou cinq jours à peine, pourtant. Il était déjà plus en jambes qu'à Paris, et sa forme allait croissant. Ces conneries de « cinq fruits et légumes par jour », « huit heures de sommeil par nuit » et de vitamine D en dosette étaient décidément les remèdes boiteux d'une société malade : un mode de vie porté sur l'épanouissement des sens envoyait toutes ces rustines au fossé. Mais la vie en communauté rapprochée n'allait pas sans son lot de malheurs. Il devait s'en rendre compte au deuxième jour de son bref passage au hameau *Lomagne Frondeuse.*

« On vient d'apprendre par un paysan du coin qu'un McDo veut s'installer à deux pas d'ici, vers Fleurance. Ces salauds projettent de doter la zone industrielle d'un parking obèse en rasant des ormes centenaires. On doit empêcher ça. »

Ingrid-la-bêcheuse prenait des airs de cheffe de guerre devant ses condisciples : l'implantation d'une friteuse géante était un affront direct aux racines paysannes du groupe. Elle-même avait participé à l'expédition punitive de José Bové contre le McDonald's de Millau en 1999. La ferme comptait également trois anciens zadistes qui s'étaient battus à Oloron-Sainte-Marie contre le projet d'autoroute E7 : « Le combat d'une vie, le maximum de l'accomplissement d'un homme », avait expliqué la veille Raphaël, la larme à l'œil, devant le feu de joie.

C'était, pour tout dire, mauvais signe. Un des professeurs de Jules à HEC avait un jour tout déballé :

« Pour connaître l'attractivité d'un territoire et son niveau d'intégration dans les chaînes de valeur mondiales, pour toucher du doigt la division internationale des processus de production et apprécier au mieux ses ramifications managériales, cherchez un McDonald's sur Google Maps. Pas de réseau ? Vous n'êtes nulle part. Un seul McDo référencé ? Sûrement un bourg provincial de second plan. Au moins cinq McDo à moins de vingt kilomètres ? Vous pouvez chercher un emploi dans le coin : vous *existez*. Le même raisonnement fonctionne avec les panneaux publicitaires *JCDescons*… Cherchez du regard les pustules. »

L'implantation du « M. » jaune en banlieue ou en province signalait immanquablement la présence de classes moyennes en perdition dans le secteur. De problèmes vasculaires également. Non loin du restaurant maudit, sous un pont terreux, des affiches de Marine Le Pen écornées par le temps attendraient bientôt leur déchéance ultime. C'était une constante. Les statistiques d'État ne valent pas 1 % de l'information soulevée par un McDonald's en construction. À cette aune, la saturation du marché de la malbouffe en France disait trois choses essentielles : la montée inéluctable des *extrêmes*, l'inutilité des guides Michelin, et le début de la stagnation séculaire.

« En vertu de l'article 10 de la Charte commune du hameau Lomagne Frondeuse, j'appelle le groupe à voter sur la position à adopter : devons-nous nous battre contre l'implantation de ce fast-food ou ne rien faire ? Pour ma part, je juge une action coup de poing indispensable. Avec emploi de la force. » Ingrid était montée sur un tronc d'arbre. Elle serrait le poing et fixait l'audience d'un regard imperméable à toute contestation. Un silence faussement conciliateur suivit son prêche.

« Risquer d'attirer l'attention sur nous pour trois bouts de nuggets ? La ville est cachée par deux vallons au moins ! On n'est pas autonome qu'on voudrait déjà déclencher une guerre ! Je dis non ! »

Gaston-gras-du-bide étonna ses congénères par sa colère soudaine. Prof d'histoire à la retraite, on aurait dit un vieux tribun romain sur le déclin, toge magnifique et raisonnement à la traîne, incapable de percevoir l'écroulement prochain de l'Empire. Un brouhaha de colère traversa les haies environnantes. Les membres du hameau, quoique conscients d'appartenir à une espèce évoluée de l'humanité, ne se connaissaient guère que depuis quelques semaines ; les dissensions étaient inévitables. Influence anarchisante oblige, la Charte du groupe était tout entière acquise à la démocratie directe : tout citoyen pouvait pétitionner, bloquer, proposer tout ce qui lui passait par la tête, tout le temps, partout ; il était très compliqué d'avoir le dernier mot. Tant qu'on parlait bain dérivatif, transformation des bouses en engrais et yoga ayurvédique, la concorde régnait. Mais la politique n'a jamais eu vocation à arrondir les angles. Elle n'est que le fourreau bossu des passions humaines, autrement prêtes à tout détruire.

Le vote divisa la communauté en deux groupes de onze personnes exactement. C'était une tuile, mal prévue par la Charte. « Par défaut, le oui l'emporte ! s'écria Ingrid. » Gandalf prit alors Jules à partie : « C'est faux, nous avons en la personne de Jules un 23e membre : à lui de décider ce qu'on fait ! » – « Des clous ! répondit un énergumène en salopette. Il ne fait pas partie du groupe ! »

Gandalf fit rouler une tomme de chèvre dans le tas ; une odeur de ferment lactique sillonna les rangs. À l'écart des invectives, accueillant les premiers rayons de soleil, Jules récupéra son sac de randonnée et s'enfuit discrètement. « Salaud ! » entendit-il au loin. Cette bande de tarés lui avait filé la pétoche et fait regretter la solitude. Comment croire que l'amitié pouvait naître de la sorte ? Que l'entente se codifiait par écrit ? Cette virée au hameau soutenait en tout cas la réputation infernale des projets communautaires utopistes : Fourier et ses phalanstères du diable, Godin et ses familistères crasseux, Rossi et sa Cecilia libidineuse... Tous ces barjots avaient cru dociliser le fond de l'homme en le libérant de ses chaînes sociales ; tout n'avait été que drames et violences. Lectoure et son bastion n'étaient qu'à dix kilomètres. On y mangeait du bon gésier et l'ordre républicain régnait. Il éteignit son portable et s'élança l'âme légère.

3

Avant de prendre la tangente révolutionnaire, Mathieu avait voulu devenir flic. Ou militaire. Les flingues et les matraques l'attiraient dans leur dimension totalitaire, imperméable au doute, condensés d'acier froid inoxydable à tête chercheuse de désordre. Mais il avait raté les inscriptions pour la prépa Saint-Cyr après le bac et s'était retrouvé sans formation à la rentrée. Amoureux passif des créations esthétiques, il s'était dirigé vers la filière artistique comme un somnambule approche du réfrigérateur la nuit : le résultat est rarement convaincant. Élève aussi brillant qu'erratique, il désolait ses professeurs par cette perception si souvent éprouvée, mais autrement plus exacerbée chez lui, « de sentiment de gâchis ». Vaurien superbe, riche à millions, il portait sa condition sociale comme un fardeau, lui, le fruit d'une union impossible entre un grand dirigeant d'entreprise agroalimentaire du CAC 40 et une secrétaire de bureau. La mère avait voulu garder l'enfant au grand désarroi du père, figure toujours absente, rendu au rôle de gestionnaire lointain de son enfant bâtard. C'était le cinquième hors mariage.

Une classe préparatoire parisienne accepta Mathieu à grands frais au mois d'octobre. Il parvint l'année suivante à intégrer les Beaux-Arts de Paris, avec un dossier d'entretien fondé sur un tableau de diodes colorées aux animations aléatoires. « Très impressionnant », avait acté le jury, absolument incompétent sur les questions d'art électronique. « Un an de branlette, trois jours de travail, et voilà le résultat ! » avait pensé Mathieu. Il avait de nouveau manqué les inscriptions pour Saint-Cyr et goûtait avec délectation à la vie étudiante. La carrière des armes l'attirait moins que l'éveil de sa vie sexuelle, qu'il attribuait très largement à la possession d'un lit *king size* et d'un appartement de 110 m2 dans le 7e arrondissement. Il multiplia les conquêtes, les soirées, et les expériences hallucinogènes pendant quatre ans, entretenant un rapport lointain avec la noble école d'art parisienne et ses conditions de validation des acquis.

Son expulsion des Beaux-Arts en troisième année, après six mois d'absentéisme, avait correspondu à un grand moment de creux. Il avait toujours trouvé le monde culturel surfait et la plupart des créations contemporaines lamentables, mais c'était la première fois qu'on décidait pour lui qu'il n'était « plus apte ». Sans posséder encore les moyens de ses ambitions, il avait voulu casser de l'intellectuel, embraser les locaux de la rue Bonaparte, faire tomber les masques de l'hypocrisie et de la fausse subversion artistico-politique moderne. Pour illustrer ses propos, il prenait souvent l'exemple de cette camarade de promo diplômée « avec les honneurs » après avoir compilé les photos de milliers de pénis sur un carnet doré. Le « Book » s'ouvrait sur des photos de sexes énormes et veineux, symboles phalliques qu'elle disait honnir de tout son poids. Petit à petit, les verges rapetissaient pour finir recouvertes de poils épais, jusqu'à devenir indiscernables derrière une épaisse touffe d'entrejambe ; les dernières pages n'étaient autres que des photos de vagins poilus. Ode aux poils féminins ! – ça il n'était pas contre. Absurdité des différences biologiques, que six centimètres de toison finissaient par gommer ! Cette artiste de cour appliquait une couche variable de deux à trois centimètres de maquillage par jour et ne sortait qu'avec des motards à la con. Elle avait toujours évité de lui faire la bise pour une raison inconnue.

Mathieu commença à verser dans le cynisme noir. Sa chambre devint sa prison. Ces centaines d'heures passées à fixer le plafond, lire et écouter des podcasts, il les avait consacrées à chercher sa voie dans ce monde, dans un projet aussi conscient que subi. Le résultat n'avait pas été probant en tous points, loin de là, mais il développa avec le temps une incomparable capacité d'observation du monde de « dehors » – *je ne fais que prendre le poil à la racine*, aimait-il à préciser. Une sensibilité personnelle jamais choisie, mais toujours envahissante, le poussa vers une insondable quête identitaire, lui, le millionnaire anarchiste des beaux quartiers. Son histoire d'amour avortée avec Juliette, une serveuse de café de Saint-Germain, n'avait pas amélioré son état.

Aujourd'hui, alors qu'il s'achemine vers un camp d'entraînement militaire en plein désert du Rojava, il repense à ses rêves de police et de matraque. Il repense à cette fois où il avait dit à sa mère du haut de ses 10 ans : « Je suis prêt à mourir pour la France. » Ça lui fait un peu honte, cet amour originel pour la « patrie », création bourgeoise et distractive par excellence, pot-au-feu misérable des passions humaines servi en intraveineuse à la masse soumise. Ce qui compte, c'est l'internationalisme ! La solidarité de classe ! L'écrasement du véritable ennemi, le seul qui compte, celui qui renvoie les bisbilles sociétales – les combats identitaires de l'époque – au rang de luttes d'opérette : **LE CAPITALISME**. Le problème, c'est que ces concepts fumeux s'entremêlent parfois jusqu'à ne plus rien vouloir dire dans sa tête. Les idées et leur inverse se tortillent en raisonnements dialectiques impossibles, digressent dans le champ de la pensée, marinent dans la morgue des temps ; il souffre. Et puis ces flics mal aimés, au fond, qu'ont-ils à envier aux Gilets jaunes ? Ne partagent-ils pas les mêmes blessures, le même sentiment d'humiliation et de déclassement que leurs concitoyens ? Pourquoi des prolos se mettent-ils sur la gueule ? Ce sont de vraies questions, mais stop. C'est trop douloureux de tout remettre en cause tout le temps. Aujourd'hui, c'est contre l'impérialisme, stade suprême du capitalisme, qu'il compte prendre les armes. Quitte à y laisser la vie.

Sa propre mort ne l'inquiète pas : il doute seulement parfois du bien-fondé de l'infliger, même à son pire ennemi : à quoi pensera-t-il le soir, juste avant de s'endormir, après avoir tué quelqu'un ? Que lui répondrait sa victime si elle pouvait parler depuis le ciel ? Est-il si sûr de ses convictions ? Il balaie les doutes. Un des grands enseignements de ses lectures est que l'accomplissement de soi ne s'acquiert qu'au prix du courage et du sang versé. Personne ne retiendra jamais le nom d'un technocrate ou d'un parlementaire « centriste » : les personnalités tièdes ont vocation à pourrir dans les index des livres d'histoire et les noms de squares à pigeons. Napoléon a couvert l'Europe de fantômes et repose sous un dôme en or. Robespierre a fait trancher des têtes, mais le moindre imbécile du pays lui voue respect et admiration. Ce sont de surcroît des *franchouillards* comme on les aime, jacobins, éradicateurs de particularismes locaux, et beaux parleurs en assemblée. L'Universel républicain dans toute sa splendeur. Leurs dates de naissance feraient de belles fêtes nationales. Il divague.

Plus le moment de tergiverser. Ici au moins, on l'a déclaré « apte » à l'entraînement. Des tirs de mortier résonnent au fond des étendues vides.

*

Des meuglements inouïs entouraient la bastide et ses clercs. Sans déconner, les champs étaient si proches ? Jules enfila ses chaussures de marche et descendit un escalier longiligne jusqu'au réfectoire du gîte d'étape. La gérante, une dame vêtue d'une tunique indienne, lui servit le « Petit-déjeuner du Pèlerin », avec supplément Nutella (2 euros). La nuit en dortoir avait été bonne, quoique sauvagement interrompue par un Allemand ronfleur à 3 heures du matin. Deux jours de marche et il était déjà exsangue. Dire qu'à une époque on trimballait des armées entières de Paris à Moscou sans pleurnicher : le train et l'avion avaient accéléré la dévirilisation des masses en même temps que les temps de transport.

Les chemins jacquaires traînaient, il ne pouvait que s'en douter désormais, leur lot d'éclopés de la vie et de vieillards en phase terminale. Ceux qui marchaient en cette période de fêtes de Noël ne pouvaient déroger à la règle : il fallait vraiment ne plus rien espérer des villes aux égouts puants et des réunions de famille pour rejoindre un groupe de pèlerins ces jours-ci. Il partagea son Nutella avec Germaine, venue de Lens « réfléchir à son testament en compagnie du Christ ». Autant dire qu'il n'était pas près de baiser avant un bon moment – Pampelune et Logroño, à dix jours de marche, formaient les premières enclaves culturelles où un « citoyen du monde » décemment connecté pouvait espérer coucher le soir même à l'aide d'un smartphone. Au moins sa libido se rechargeait-elle lentement.

Il ne restait plus qu'à avancer. L'itinéraire gersois suivait de jolies sentes, parfois boueuses, souvent boisées, mais toujours subtiles d'ivresse bucolique. Il goûtait spontanément au plaisir de l'esprit léger et guilleret. *Un corps bien portant est un corps en mouvement.* Il n'empêche, 40 000 pas dans la journée, ça attaque les cuisses et les synapses. Il arriva à Condom à 20 h 01 et réserva une chambre à l'établissement « Le logis des Cordeliers ». L'habitation offrait un confort électronique avancé avec deux multiprises, une télé sifflante, et du wifi gratuit. La prise en main de son téléphone portable, en sourdine depuis trente-six heures, fit jaillir en lui une vague anxieuse : il savait déjà, après quelques jours d'errance et plusieurs semaines de doutes, que tous ses problèmes étaient condensés dans ces microcircuits à l'arrêt et que rien ne les ferait partir que *l'affrontement du réel.*

Il ralluma la machine.

Le résultat était prévisible : un bug interface, dix appels manqués de son père, et trois e-mails de grands journaux nationaux refusant de publier sa tribune *« par manque de preuve et crainte d'un règlement de compte personnel »*. Ces pleutres continuaient : « Veuillez prendre contact avec les autorités compétentes si vous suspectez tout acte illégal au sein de votre entreprise. » Circulez. Le vertige des responsabilités et l'inconscience de ses choix récents le saisirent au col et aux tempes ; son cœur se mit à accélérer en contractions sèches. Le désespoir de Mathieu et sa propre fuite inaboutie lui infligèrent un douloureux sentiment d'échec : en fallait-il plus pour l'abattre ? Depuis son départ de Paris, la vie avait continué de se déployer en chemins insaisissables sous la troposphère, et la lutte des corps pour l'existence avait motivé les plus cruelles agressions ; des micro-organismes dénués d'empathie se divisaient chaque seconde par scissiparité, dans une quête nébuleuse de survie et de colonisation, et ce n'était pas du tout réconfortant. Comment avait-il pu croire une seconde qu'il allait changer le monde avec son scoop sur Éric et ses pleurnichages de stagiaire ? Il n'était rien. **57 % DES FRANÇAIS CONTRE LE BURKINI : UN RÉFÉRENDUM NÉCESSAIRE ?** Il y avait des choses plus importantes à régler à la télé. 20 h 30 et la nuit noire. Son père essaya de nouveau de le joindre. Il décrocha en tremblotant.

« Allô Papa ? Je rentre demain à la maison. »

4
Zone grise

Jules ne souffrait pas d'amnésie. Cette perte soudaine d'exactitude dans le décompte des évènements tenait beaucoup plus d'un processus conscient que d'un trou de mémoire authentique. Il se souvenait distinctement de son départ de la Corporation Générale et de la première nuit chez son oncle Philippe, mais les débuts de sa marche en solitaire et le passage au hameau « Lomagne Frondeuse » relevaient carrément du rêve étrange.

Le covoiturage vers Biarritz tenait ses promesses de temps mort. Le conducteur était un artisan-boucher gersois, propriétaire d'une Audi A6. Il avait longtemps travaillé dans un abattoir de la grande banlieue parisienne, mais un divorce difficile l'avait conduit à revenir dans le sud de la France. L'Union européenne s'était pour une fois montrée utile, il avait trouvé du travail en Espagne – partant de plus bas qu'en France, la consommation de viande transformée y connaissait une croissance vigoureuse – et traversait chaque jour la frontière pour rentrer le soir sur Biarritz, où il louait un appartement. D'où ce covoiturage après un week-end chez ses parents à Condom. D'où l'Audi A6, un break d'apparence luxueuse pour un portefeuille fragile, mais surtout un achat d'occasion à 220 000 kilomètres avec des bosses sur la carlingue. Jules écouta tout le long du trajet sans presque dire un mot. Les enfants étaient partis chez la mère pour Noël et le type n'était pas un sentimental, il ne cherchait pas de conseils, juste à déballer sa merde. Jules acquiesçait en fixant la ligne axiale continue de la chaussée.

Biarritz ne s'était pas embelli depuis l'été dernier. Le passage dans l'hypercentre le confirmait de manière éclatante, et la tenue prochaine du G7 ne semblait rien y faire. L'architecture dissonante de la ville, où des verrues de béton côtoyaient le charme architectural du Second Empire, laissait entrevoir sa quête identitaire inachevée. Les temps où Napoléon III et Bismarck décidèrent du sort de l'Europe au cœur de la Villa Eugénie, face à l'océan basque, semblaient bien loin, ce 24 décembre 2018.

« Bon courage pour le dîner de famille, et joyeuses fêtes ! On a besoin de réconfort, ces derniers temps. L'économie se casse la gueule et l'hiver s'annonce chaud avec les manifs... Enfin je dis ça mais on est préservé ici, on a du foie gras et du bon vin ! » conclut le conducteur gersois. Il le déposa devant l'imposant portail de la maison familiale.

Bâtie sur la Côte des Basques, la villa de la famille Sontant se situait sur un promontoire dominant les grèves de Gascogne. On aurait dit un avant-poste de garde, joliment décoré à l'arrière, au toit plat, battu sur son front par le vent et à ses pieds par les flots déferlants. Ce bout de terrain, menacé par l'érosion du littoral, fut acheté au début des années 1900 par un riche Parisien, à une époque où l'obtention d'un permis de construire versait plus dans le copinage que les considérations environnementales. Le père de Jules en fit l'acquisition à l'âge de 46 ans auprès d'un héritier désargenté, qui devait finir sa vie dans un 27 m2 du 3e arrondissement lyonnais. L'emplacement valait de l'or aujourd'hui et à plusieurs reprises, les parents de Jules se demandèrent s'il ne valait pas mieux le vendre au profit d'une maison dans les terres. La vue imprenable et un réflexe patrimonial archaïque décidèrent finalement de la conservation du bien.

Jules observait la salle à manger à travers la haie hirsute. Cette maison, c'était plus que trois bouts de briques voués à tomber dans la flotte. C'était, comme tout lieu où on grandit sans avoir son mot à dire, un refuge doublé d'un cachot. Son père et sa mère, les quatre grands-parents, ses deux frères et sa sœur étaient assis autour de la table rectangulaire du salon. Une quarantaine de paquets cadeaux s'éparpillaient dans la salle avec un tas par invité, mais l'emplacement habituellement réservé à Jules était vide. Bien en vue sur la table, le chapon farci était à l'article de la mort, posé dans un grand plat que Jules avait ramené du Japon. Il sonna et attendit son tour. La porte s'entrouvrit derrière un ciel pleureur.

*

Aucune tirade n'aurait suffi à expliquer son état moral. À l'instant *t*, il se sentait nu de toute aspiration et sans valeur ajoutée réelle. Les liaisons élémentaires de son existence, jusqu'ici réduites à quelques rhizomes sociaux sains et pérennes, s'accrochaient dorénavant en entrelacs de lianes et de doutes. Esprit précoce, il ne se souvenait pas de sa « petite enfance », cette notion lui était tout à fait étrangère, il en avait sûrement connu une d'un point de vue physiologique, mais l'innocence pleine et entière des gamins était quelque chose qui lui échappait totalement. Sa mère le regardait d'un air dramatique, son grand-père fronçait les sourcils. En quelques mois, la colocation avec Mathieu et les déboires de la Corporation Générale l'avaient ôté de ses dernières innocences : il était devenu un adulte soucieux à part entière.

« Papa, Maman, je vous dois tout d'un point de vue matériel et social. Vous n'avez rien à vous reprocher, vous avez été de bons parents, vous m'avez inculqué la valeur travail et acheté une PS3 le jour de mes 16 ans, mais je sais également que vous ne pouvez pas comprendre ce qui se passe dans ma tête ces derniers temps. Vous n'avez pas idée de ce qu'est l'éducation supérieure aujourd'hui, les exposés en groupe et les stages, les cours sur PowerPoint, le copier-coller universel, le classement de Shanghai, les ATER, les simulations pédagogiques. Je pourrais vous sortir tout le jargon d'usage et faire semblant d'y croire, vanter la « réussite individuelle » et la *start-up nation*, le challenge et la « disruption ». Je pourrais vous faire un exposé en deux parties/deux sous-parties sur la fin de la sentimentalité petite-bourgeoise et l'inexorable dévalorisation des passions humaines en système marchand, mais tout cela ne renverrait à rien d'utile. Vous avez travaillé toute votre vie et vous savez construire une charpente. J'ai passé mon temps devant un écran d'ordinateur HD et des traités d'économie, mais je ne sais rien faire de mes mains et je n'ai plus envie de réfléchir. Trop de théories et d'actions molles, de déraisons et de failles : je vous annonce avoir quitté mon double diplôme Sciences Po - HEC et un stage criminel. Sur ce dernier point, je n'ai pas eu de chance, vraiment. Mais ça devait arriver à un moment ou à l'autre, tout « fait système » comme on dit aujourd'hui. Mieux vaut se poser les bonnes questions à mon âge. »

L'audience était attentive, sa prestation orale sincère, mais l'espace résonnait faux. La confrontation terrible entre la génération Rolex et une jeunesse privilégiée, rassasiée de tout mais fatiguée du *rien* de l'époque, était férocement violente. Incompréhensible à première vue, insupportable, même, aux yeux d'un observateur externe paupérisé – disons un Roumain n'ayant pas bénéficié des Fonds européens de développement régional –, mais rigoureusement déductible. **IL VA LA FERMER SA GUEULE ?**

« Papy et Mamy, vous méritez tous les égards et toutes les pensions retraites du monde, vous nous avez légué des choses magnifiques, la sécu et le TGV, mais quelques monstres également.

Vous me considérez comme un modèle de réussite mais en face de votre parcours, je me sens peu de choses. J'ai donc pris la décision de tout quitter et de partir loin, pas à la campagne, ça me réussit pas, mais loin, faire quelque chose de ma vie, avec mes mains, à l'improviste, sans plan. L'insularité du Japon m'attire. Ses habitants connaissent les mêmes problèmes que nous sur bien des points, mais au moins ils les vivent en idéogrammes. Je veux me perdre dans une forêt de signes inconnus. Je ne vous demanderai pas un euro de plus, promis, et je chercherai du travail sur place. Si je compte pour vous, je vous prie d'accepter mes choix et de me laisser quelques jours pour faire mes valises. Tout ça est étrange, j'en ai bien conscience, c'est du dégueulis de riche, mais je me dévoile tel que je suis, je ne l'ai pas décidé. Je ne saurais faire autrement. »

Son père tourna des pouces et prit une pose sévère, autoritaire par essence. « Jules, je ne sais pas très bien ce que tu nous racontes là, ni ce qui te prend, mais il est temps de remettre de l'ordre dans ta vie. Tes grands-parents et nous tous – tu me laisses finir avant de parler – avons très mal vécu ta fugue des derniers jours et mon contact à la Corporation Générale m'a raconté l'impolitesse de ton départ, du jamais vu là-bas. Nous sommes évidemment en colère contre toi et tu devras rendre des comptes, mais aujourd'hui c'est jour de fête et Noël doit nous rassembler. Prends place autour de la table et tiens-toi comme il faut. »

Ne restait plus qu'à manger le chapon tiède.

*

Après deux jours sur place, les réactions familiales étaient inquiétantes de normalité. La déception était profonde et les effusions habituelles absentes, certes, mais tout le monde se faisait la bise avant d'aller au lit et sa mère cuisinait toujours aussi bien. Ça n'augurait rien de bon. Une fois passée l'ivresse des fêtes, l'enchaînement rigoureux des causes et conséquences ne pouvait déboucher que sur son éviction pleine et entière du domicile familial. Cette histoire de partir au Japon chercher du boulot, il l'avait un peu sortie du chapeau l'autre jour, une intuition de l'instant, histoire de dire qu'il avait encore un peu d'ambition. Mais c'était une bonne idée en y réfléchissant plus longuement. Il gardait un souvenir exceptionnel de la cuisine locale.

Les classeurs et les bulletins de scolarité s'amoncelaient sur la grande étagère de sa chambre. Il feuilletait. Des félicitations du conseil de classe du collège à la terminale, chaque trimestre, sans exception. Un certificat de participation aux Olympiades de chimie départementales, daté de 2010, avec une tache de café sur son nom. Il fallait vraiment manquer de finesse avec les enfants pour écrire, comme ce vieux débris de prof de sport de cinquième, qu'il était un « élève agité et impossible sur le terrain ». En fait, tout dans son parcours scolaire plaidait pour une conformité sérielle infinie. Il lui avait fallu vingt-cinq ans pour commencer à effilocher la parure.

Un cahier en particulier retint son attention. C'était un cours de préparation aux concours administratifs auquel il avait assisté en qualité d'auditeur libre à Sciences Po. La vision de ce papier glacé magenta le replongea immédiatement dans l'inconfortable chantier visuel de la rue Saint-Guillaume, au temps où il croyait encore au baratin d'usage. Le piège d'un petit amphi souterrain. Le prof y enseignait doctement une leçon de culture générale, qui comprenait toutes les références classiques en politologie contemporaine, ainsi qu'une liste personnelle, mais ô combien précieuse pour les concours, de références cinématographiques à mobiliser. Ce brave M. Dafiaux avait même rajouté un petit commentaire écrit sur chaque film, *« à compléter par vos propres impressions pour ne pas donner un effet de copier-coller »*. Jules savait très bien que ces quelques mots feraient l'affaire, les films avaient l'air nul, jamais il ne les regarderait, mais tout le monde s'en foutait. M. Dafiaux s'appliquait à donner à ses élèves la petite touche qui ferait la différence le jour *j* :

« Pour écrire comme un futur fonctionnaire des affaires étrangères, restez toujours entre l'insipide et l'inodore... Et évitez de parler de la Syrie. Tout, le multilatéralisme et le tintouin protocolaire, mais pas la Syrie... et la Libye non plus d'ailleurs, mais ça, les élèves le comprennent plus facilement. C'est souvent la Syrie qui pose problème aux oraux. Alors vous l'évitez à tout prix. Vous vous contentez de dire que les interventions militaires occidentales s'inscrivaient dans "l'esprit" de la Charte onusienne, vous mettez un commentaire sympa sur l'UE, à la limite une ligne sur le partenariat transatlantique – c'est toujours bien vu –, et ça fera l'affaire. Et bien sûr, vous appliquez le plan magique. Quoi qu'on en dise, bien sûr qu'il existe un plan magique pour réussir les épreuves : l'utiliser est même la seule possibilité concrète pour être admis. »

Avec ça, difficile de pas l'avoir, le concours. 30 % des élèves de cet amphithéâtre deviendraient de hauts fonctionnaires si on se fiait aux résultats de l'année précédente. Sciences Po publierait les chiffres dans sa *newsletter*, tout le monde applaudirait à la remise des diplômes, et on mangerait des petits-fours au goût de brique. Rien à redire, vraiment. Monsieur Dafiaux appartenait simplement à cette catégorie d'homme affable, cultivé à bonne école et soucieux de ne heurter personne, qui dégageait l'ennui et la servitude à quatre pattes. Un diplomate de salon, en somme, reconverti sur le tard dans l'enseignement pour promos favorisées. Il était si dénué d'aspérités qu'il était difficile de percevoir chez lui une quelconque orientation sexuelle, ni même l'embryon d'une sexualité, si tant est qu'il le sache lui-même. Il faisait quoi le soir dans son lit, seul? Au même moment, l'appareil diplomatique français s'époumonait en respirations artificielles déclinantes, comme la voix de son cours : de conquérante à accommodante puis faible, coupable enfin, soumise surtout, délicieusement soumise à un monde qui se contrefoutait de ses éléments de langage poisseux et suceurs, suceurs de tout le venin de l'époque, époque malade s'il en est, qui voyait un Occident orphelin de ses ambitions guerrières devenir la pute du monde. La *virtù* machiavélienne était une notion tout à fait désuète et la Corporation Générale avait été certifiée *Top Employer France* trois ans d'affilée : Jules balança le cahier rouge au fond de l'étagère et se mit à mastiquer un vieux Malabar.

Il était désormais évident que le bout du tunnel se trouvait sur une rampe d'aéroport. Il voulait partir le plus loin possible, vite. Contrairement à une opinion répandue, les billets pris à la dernière minute ne sont pas si chers, et ses valises étaient légères. Son départ soulagerait également sa famille. Et puis c'était une bonne idée de partir vers la fin décembre, les avions seraient vides. Qui peut bien faire un Biarritz-Tokyo un 31 décembre au soir ?

5
Terminal 2F

Mathieu est pensif. Son départ de Munich et le passage à l'aéroport d'Istanbul sont déjà très loin dans sa tête. Ici, impossible de commander un taxi ou une carte sim 4G+ avec data illimité ; le silence des étendues désertes renvoie imparablement un écho de solitude. Mais il se sent bien entouré.

La cérémonie d'hommage aux martyrs, ce matin, l'a impressionné par sa puissance. Les montagnes enneigées, les tombes de marbre, l'étoile révolutionnaire au vent, la gestuelle militaire… Comment ne pas pleurer ? Comment ne pas trembler à l'évocation des combattants, frères et sœurs, tombés au combat ? Les idéologies terrestres, aussi débiles au fond que celles avec des bonshommes dans le ciel, ont ceci d'immense qu'elles se passent de relais : elles sont création de chair et résonnent dans la chair. Ici, la vie a un sens, et cette espérance microscopique, incomprise de l'immense majorité de ses congénères, est bien l'exaltation suprême, la seule qui vaille et qui puisse pousser un corps à se battre jusqu'à la fin des fins. La guerre épuise l'esprit, mais elle est cette passion inextricable où se joue le destin des hommes. Face à elle, on combat ou on meurt, c'est simple. Alors quand on nous enseigne depuis le plus jeune âge que *la violence ne résout rien*, c'est bien évidemment faux. Dès la cour de récré, c'est la violence qui prédomine. Les enfants sont des sadiques en puissance, ils offrent une bonne vision *micro* des rapports internationaux : c'est *mon* goûter. Dans la rue, l'agression permanente. À chaque gouttière, la lutte des gangs. Dans le ciel et les forêts, la foudre et la pluie. Aucun grand changement dans l'histoire des hommes n'est advenu sans violence et le contrat social est un battement de cils à l'échelle des temps. Cette réalisation vitaliste vaut toutes les théories du monde, pense Mathieu.

Le *tabûr* où il loge et s'entraîne est encore loin du front, mais la menace se rapproche, dévorante. Hier au petit matin, des camarades sont tombés à moins de dix kilomètres dans un raid de nuit. Deux jours auparavant, lors de l'assemblée journalière où chacun peut s'exprimer – *le tekmir* –, un Italien a pris le Général du camp à partie : « Qu'est-ce qu'on attend depuis deux semaines ? Je sais me battre, je veux prendre les armes. La moitié des recrues ici est incapable de recharger un fusil et ne tient pas les entraînements... Virez-les et laissez-nous faire. »

Les recrues n'ont pas l'air très combatives, c'est vrai. Elles feraient de la bonne chair à canon mais les Kurdes ne veulent pas avoir mauvaise presse : les pieds nickelés resteront dans l'administratif. À sa grande surprise, Mathieu s'en tire plutôt bien d'un point de vue physique. C'est plus difficile dans la tête, où la question de sa condition sociale affleure souvent. Ce même Italien, certifié *100 % anarchiste libertaire, combattant antifasciste et antispéciste-mon-cul*, l'a nargué l'autre jour : « Toi, vu ta gueule, t'es un bourgeois en quête de sensations fortes. » Mathieu a bégayé, répondu que non, qu'il savait de quoi il parlait, et l'autre s'est barré. À tête refroidie, il a pensé : « Non je ne suis pas un bourge. Un noble, à la rigueur, mais pas un bourge, et pour une raison simple : je suis tombé amoureux d'une serveuse de café, c'est même le seul être que j'ai jamais vraiment aimé. Les riches ne tombent pas amoureux des serveuses de café : ils épousent des formes et des carnets de chèque. Voilà ma réponse. » Il aurait pu penser à quelque chose de plus chevaleresque, mais c'était sincère. Juliette lui avait prouvé, au besoin, que les diplômes ne faisaient pas tout dans la vie ; santé aux crétins *d'Harvard Legacy* et aux petites gens décentes.

« ALERTE ! ALERTE ! Véhicules ennemis en approche ! » crie un combattant belge de garde. Les alarmes résonnent et les officiers kurdes se pressent sur le toit du bâtiment. Une traînée de poussière flotte au vent de l'obscurité, précédée par une file de 4x4. Chacun attrape son arme.

« Prenez le toit central, et montez les mitrailleuses, vite ! »

Mathieu s'y colle, il escalade une vieille échelle en bois. Équipé de jumelles, il voit des troupes de l'État islamique s'approcher dangereusement, et en surnombre évident. Le renseignement avancé a sérieusement déconné. D'ici quelques instants, il va devoir prouver sa valeur, montrer qui il est vraiment, accomplir le summum de l'engagement. Sa fin est inéluctable mais il se sent vivant comme au premier jour. Il ne reculera pas. Le destin a frappé plus tôt que prévu.

« Approchez, approchez. On va vous tondre. »

*

Tout a beau paraître désarticulé dans ses choix récents, Jules a l'étrange sentiment d'avancer dans ce chaos. Mathieu avait raison, du vide naît forcément quelque chose : démons superbes, pensées automatiques, angoisse de l'inexistant, anticipations souffrantes. Mais aussi un peu d'humilité. Son avion atterrit à Amsterdam dans un tonnerre de bruits.

Les plus performants des aéroports mondiaux, surtout ceux aux infrastructures modernes et aux privatisations juteuses, ne peuvent garantir qu'un vol charter suffira à apaiser un esprit soucieux. Hemingway et d'autres l'ont déjà trop bien dit, l'éloignement géographique est de peu d'utilité en cas de soucis, la mécanique du cerveau reste la même d'Oslo à Guam. La preuve éclatante est qu'une telle "assurance bonheur" n'apparaît dans aucun contrat ni règlement sur la protection des passagers internationaux – contrats dont les compagnies aériennes raffolent, pourtant, elles qui couvrent leurs billets d'avion de Miles, lounges VIP et autres *garanties assistance*, dont les usagers ne soupçonnent pas l'existence. Des associations de défense des consommateurs abattent un travail considérable pour remédier à cette situation, mais échouent d'année en année à inclure une clause "dépaysement garanti" dans la rédaction des contrats de voyage.

L'aéroport d'Amsterdam-Schiphol assumait très clairement cette position nihiliste. Sur des centaines de passerelles aéroportuaires, ce grand hub multimodal hébergeait la réclame flashy d'une compagnie d'assurances derrière un seul et même slogan :

FUTURE IS UNPREDICTABLE. ONLY DREAMERS DARE. THAT'S WHY WE EXIST.

Dreamers dare, dreamers dare... ils sont bien gentils ces cons, mais je peux leur demander un prêt pour me dorer les couilles au soleil ? Jules était très exactement moitié excité moitié soucieux de son départ. Les énergies se compensaient en lui dans un étrange balancier. C'était un état physiologique tout à fait neutre, qui valait mieux pourtant que la bile des derniers mois.

Dans le grand couloir des correspondances, un ouvrier technique néerlandais nettoyait un carreau blanc du sol de l'aéroport. Il frottait avec une dévotion sacrificielle un bout de saleté lâché à tous les coups par un Français pressé. Vus du ciel, les Pays-Bas et leurs serres étroites exemplifiaient parfaitement la dynamique concurrentielle de l'Europe : le pays était le grand promoteur de l'austérité continentale, et tout dans l'histoire de cette monarchie discrète évoquait la rudesse morale d'un protestantisme prosélyte, moustachu et actionnarial. Le Japon, au moins, avait sauvegardé ses croyances et tout n'y était pas sali par l'argent : c'était encore un pays aux fondements culturels sacrés, où les chimères intellectuelles de l'Occident avaient peu de prise.

En regardant sa valise, Jules se dit que c'était comme si le monde n'avait pas changé en deux ans, date de son dernier départ vers l'Asie. Le dossier nord-coréen était un peu plus brûlant et son smartphone un peu plus rapide qu'à l'époque, mais c'était à peu près tout. Le Japon restait un grand pôle manufacturier où les sèche-linges et les caméras étaient fabriqués sur place et ça, c'était un avantage non négligeable en cas de guerre commerciale. Le pays était-il en train lui aussi de s'infliger des règles concurrentielles absurdes, avec des commissaires et des directions sérieuses, pour vérifier la pleine avidité des processus de marché ? L'information n'était pas immédiatement disponible.

Jules s'assit à la place 33 K pour son vol Amsterdam-Tokyo. L'avion était plein : des Japonais, des Européens, des Alsaciens, partout. Comment était-ce possible ? L'Extrême-Orient, refuge moral de l'Ancien Monde ? L'exemption de visa lui donnait 90 jours pour trouver sa voie sur place. 90 jours, ça l'amenait au mois de mars, moment de l'éclosion des premiers cerisiers. La promesse de l'éveil printanier. Il pensa tendrement à son ami Mathieu et sortit un vieux manuel de japonais. Il était là où il devait être.

numériques sont indélébiles comme du sang sur un drap, il le sait trop bien. Il sait également que le système judiciaire japonais est un broyeur d'accusés et qu'il part perdant. Il ne s'oppose pas à ce qu'un vendeur de drogue – ou un assassin comme le fils du vieux Matsumoto – clamse en plein interrogatoire, mais lui, finir au trou pour des vidéos volées et des échanges sulfureux ? Jamais. Jamais il ne l'acceptera, c'est trop injuste, il n'est qu'un homme avec ses besoins, voyeur sur les bords et tripoteur *d'escorts*, peut-être, mais rien de plus. Il est prêt à faire amende honorable et à changer de vie si on lui en donne l'opportunité. À quitter la boisson et à rejoindre une bonne fois pour toutes un ordre shintoïste, comme il l'a déjà promis à sa grand-mère. Si d'autres ont utilisé ses vidéos pour faire chanter du monde, c'est pas de sa faute, il partage seulement pour le plaisir des yeux. Voir les gens se dévêtir, c'est tout ce qu'il n'obtiendra jamais plus par des moyens conventionnels. Capter l'intimité d'un foyer qu'il n'a pas, c'est sa façon à lui de se sentir exister. Il peut comprendre ça le juge ?

Takumi marche en direction de son bar, le même où il boit tous les vendredis soir, le même où il avait observé Jules faire des jeux de vilain avec cette Japonaise. En entrant dans la pièce, il ne reconnaît pas Jules mais s'agace de voir un étranger au comptoir, même seul. Ça devient de plus en plus fréquent ces derniers mois. Un connard a dû donner le bon tuyau sur un forum de voyage, et les mecs rappliquent comme des mouches à merde pour boire pas cher et faire leur virée « traditionnelle » dans le Grand Tokyo. *Chipatama* – tête de bite – dit-il encore à voix basse. Commence l'évasion par la boisson, mais avec l'œil alerte.

Son esprit est accaparé par des considérations de tout ordre, qui dépassent très largement la question centrale des étrangers indésirables. Au boulot, il vient de décrocher un contrat juteux avec un producteur de silicium chinois, doublant une entreprise franco-italienne au dernier moment. Garder cette flamme de conquête, penser l'écrasement de l'adversaire sans état d'âme, c'est ce qui l'anime au plus profond de lui. Les gentils ne font pas de profits, ou alors vivent de subventions publiques rongées par les programmes d'assouplissement quantitatifs des banquiers centraux. Dans l'après-guerre, le Japon a fait le choix de la reconstruction économique en lieu et place de la conquête armée. Ce n'était pas une décision moins violente. Flagellé par deux bombes atomiques, hanté par les fantômes de ses combattants disparus et humilié par une constitution importée, le pays est redevenu un géant industriel en moins de trente ans. Des autoroutes conformes aux dispositions antisismiques les plus rigoureuses ont été érigées en un temps record. La maîtrise du spectre entier de l'électronique a été atteinte sans assistance étrangère. La doctrine Yoshida à l'origine de ce miracle, c'est ce que le Japon peut accomplir sans forcer : l'excellence comme unique horizon, la concentration utile des énergies, le respect imposé à l'international. On ne pensera jamais assez loin l'impératif de dépassement, affirme encore Takumi. Prenez l'industrie des semi-conducteurs : les puces gravées en 5 nanomètres sont périmées avant même d'avoir été commercialisées... le 3 nanomètres attend au tournant, suivi du 2 nanomètres, et les Coréens et les Taïwanais sont bien positionnés pour ravir la première place... Sans parler des composants quantiques en cours de développement. La solution ? Travailler plus que les concurrents, se sacrifier pour la communauté, et réaliser de judicieux investissements capitalistiques. Le reste c'est de la mandoline ou des éléments de langage pour ONG. *Japan first.* Encore et toujours.

À moins d'un mètre de distance, Takumi observe Jules accoudé au comptoir. Son nez est vraiment obèse, ingrat, pense-t-il, exactement ce qu'on peut attendre d'un Américain empoisonné au poulet javellisé. Pour Takumi, Jules ne peut appartenir qu'à deux catégories d'homme infamantes. 1) C'est un étudiant en échange venu se la coller à Tokyo pour six mois ; il bafouille dans le meilleur des cas trois mots de japonais et prétendra le parler « couramment » sur son CV. 2) C'est un incapable, rejeté sur sa terre de naissance, les États-Unis d'Amérique, venu enseigner l'anglais ici pour gagner trois sous sans diplôme. Le seul étranger qu'il a jamais respecté, c'est Zinédine Zidane. Son toucher du ballon et la peur qu'il inspirait au Brésil suffisent à faire de lui un équivalent des plus grands Shoguns. Takumi croit dur comme fer que le Japon finira par dominer le football mondial.

Sur les histoires de police à ses trousses, Takumi a raison de se méfier. Des gyrophares brillent dans la rue adjacente. L'unité qui enquête sur le réseau anonyme auquel il participe vient de recevoir un mandat d'arrêt et l'a géolocalisé au bar. Takumi est bien plus qu'un « voyeur ». Il est la tête pensante d'un forum d'images volées suivi par des milliers de personnes. Les flics en sont convaincus. Son arrestation n'est plus qu'une question de minutes.

« Bakayaro. » Connard.

Takumi lâche l'insulte à demi-mot, feignant de parler dans le vide. Juste à côté, bercé par la musique d'ambiance, Jules ne comprend pas bien ce qui se passe. S'il était dans un film, il se verrait bien dans une scène d'exposition à la crudité excessivement banale, aveuglante, précédant une éruption de violences. Le bar est presque plein.

« Kisama. » Bâtard.

L'injure est lancée avec plus de conviction ; Takumi sent quelque chose monter en lui. Il en est à son sixième saké cul sec. Il sent, il veut, qu'il se passe quelque chose. Jules voit bien que ce type est bizarre. Il observe son visage buriné surmonté d'un nez délicat. Est-ce l'homme qui l'avait insulté deux ans auparavant dans ce même bar ? Ils se fixent du regard l'un avec frayeur l'autre avec dédain.

Soudain, trois officiers du Bureau des Enquêtes Criminelles de Kanagawa font irruption dans la pénombre en criant le nom de Takumi. Ce dernier agrippe son couteau de poche. Il a encore quelques secondes pour bénéficier d'un effet de surprise. Il ne veut pas perdre sans combattre. Il saisit Jules à la gorge et menace de le saigner.

Des cris, des lumières, la pluie dehors. La collision entre une scène de la vie de tous les jours et la plus cruelle des violences a toujours quelque chose d'impossible pour l'œil non averti. Les trois officiers sortent leurs armes et les pointent vers Takumi. Il a l'œil dilaté, fou, exalté de rage. Jules halète. La lame commence à lui cisailler la peau.

Takumi a toujours été fasciné par l'idée de mourir en martyr. Yukio Mishima, si on oublie les soupçons d'homosexualité qui pèsent à son encontre, reste un de ses modèles de vie. L'écrivain japonais a mené un combat intransigeant au service du Japon millénaire. Il avait tout compris des dangers du matérialisme occidental et soutenait activement la figure impériale. Ayant échoué à rallier l'armée corrompue à sa cause, Mishima s'était suicidé par seppuku. Voilà comment on entre dans l'histoire.

Dans un carillon de cris et de musique jazzy, le patron de l'établissement approche Takumi par-derrière. Armé d'une bouteille en verre, il lui assène un coup puissant sur le crâne puis le frappe au visage. Le forcené s'écroule, bientôt maîtrisé par la foule, blessant son otage par la même occasion.

À partir de là, ce ne sont que des souvenirs fractionnés pour Jules : du sang sur ses mains, des badauds tout autour, des policiers en renfort. Il s'en sortira et revivra plus fort, l'ambulance est déjà en route. Takumi, lui, vient de perdre, comme Éric perdra d'ici quelques semaines à Paris, dans une arrestation heureusement moins violente. Interpol était sur le coup depuis plusieurs mois. À des milliers de kilomètres, de nouvelles recrues internationales en partance pour le Rojava rendront hommage à Mathieu et les démissions spontanées s'accumulent dans les grandes entreprises du CAC 40. Au terme de cette histoire, la justice et la liberté ont fait un pas minuscule dans le monde ; les travaux d'extension du Shinkansen et les croyances humaines continuent leurs mutations dans un dédale de viaducs, de monstres et de splendeurs.

FIN

Librinova
www.librinova.com

Imprimé en France
FRHW010900180923
36331FR00003B/16

9 791026 274384